그래도 인생은 살아볼 만한 것

Life Is Beautiful

그래도
인생은
살아볼만한것

사와토 카즈오 지음 · 나지윤 옮김

책

이 책은 '삶을 놓아 버리고 싶다'고 생각하는 사람들을 위해 쓰였습니다.

나는 우울증 전문 상담사입니다. 날마다 죽음을 생각하는 사람들이 찾아오지요. 나는 그들의 이야기에 귀를 기울이며 마치 직접 겪은 일처럼 마음속 깊이 공감합니다. 어떻게 그럴 수 있냐고요? 그건 내가 지난 날 그 누구보다도 '삶을 놓아 버리고 싶다'는 강렬한 충동 속에 살아온 까닭입니다.

'이제는 제발 좀 편안해지고 싶다.'

'지금까지의 인생을 모조리 지워 버리고 처음부터 다시 시작하고 싶다.'

이런 생각들만이 머릿속에 가득했던 수 년 전, 나는 아파트 꼭대기에 올라가 몸을 던졌습니다. 그리고 기적적으로 살아남아 지금 이렇게 책을 쓰고 있습니다.

지독한 우울증에 사로잡혀 도무지 일이 손에 잡히지 않던 회사원 시절, 종종 가까운 서점을 돌아다니곤 했습니다. 죽도록 힘들고 괴로운 마음을 조금이라도 편하게 해줄 책을 필사적으로 찾았지요. 한 구절이라도 좋으니 힘이 되는 조언을 듣고 싶었습니다. 그만큼 절박했어요.

우울증 증세가 심해져 집에서 한 발짝도 나가지 않게 된 이후에도 마찬가지였습니다. 틈만 나면 인터넷 사이트를 검색하며 암울한 상황을 바꾸어 줄 책은 없는지 찾고 또 찾았습니다. 지푸라기라도 잡고픈 심정이었지요. 그러다 희망찬 구절이 적힌 표지를 보면 기대가 부풀어 오르곤 했습니다.

'이 책이 나에게 힘이 되어 줄지도 몰라.'

두근거리는 마음으로 읽어 내려가다 보면 어느새 힘없이 중얼거리는 자신을 발견합니다.

'무슨 말인지는 알겠지만 지금 내 상태에선 도저히 실천하기 힘들다.'

이를테면 '긍정적으로 생각하자', '간단한 체조를 꾸준히 지속하자' 와 같은 것들 말입니다. 물론 머리로는 충분히 이해가 갑니다. 확실히 맞는 말이죠. 하지만 매사에 무기력하고 우울하기만 한 나에겐 참으로 힘겨운 주문이었어요.

심지어 '누구라도 손쉽게 가능하다' 는 문구를 보며 '누구라도' 에조차 해당되지 않는 내가 한심하기 이를 데 없어 더욱더 우울해지는 악순환이었지요.

이 책에는 삶을 놓아 버리고 싶어 했던 사람들의 진솔한 이야기가 담겨 있습니다. 매서운 바람이 몰아치는 인정머리 없는 삶을 하직하고 싶은 마음에서, 어떻게 벗어나 다시 살아갈 힘을 얻었는지도 말이지요.

세상에 버림받았다는 마음으로 힘들어하는 건 당신만이 아님을 알려 주고 싶었습니다. 살아야 할 이유가 없다고 여겼던 나에겐 그것만으로도 큰 위안이 되었으니까요.

한 가지는 단언할 수 있습니다. 오랫동안 '삶을 놓아 버리고 싶다' 고 강렬하게 느껴온 덕분에 지금 이토록 충만하고 보람찬 나날을 보내고 있다는 사실 말입니다.

마음이 괴롭고 살아갈 희망이 보이지 않나요? 당신은 지금 시커먼 암흑천지의 터널을 지나는 중입니다. 고통스럽지만 언젠가 터널을 지나 출구가 보일 겁니다. 이건 지극히 당연한 자연의 이치입니다. 그토록 어둡고 캄캄한 터널 속에 있었기에 그곳을 벗어난 이후의 삶이 너무도 빛나고 소중하게 다가올 겁니다. 차라리 죽는 게 낫겠다고 생각할 만큼 고통스러운 시간이 있었기에 지금의 내가 존재하듯 말입니다.

부디 이 책이 당신에게 어두운 터널 속 한줄기 빛이 되었으면 좋겠습니다.

사와토 카즈오
澤登和夫

내가
아파트 꼭대기에서
뛰어내린 이유

두 발이 무엇엔가 이끌리듯
근처 아파트 꼭대기로 향했습니다.

'이제 편해질 수 있으리라.'

아래에 아무도 없음을 확인한 나는
미련 없이 몸을 던졌습니다.

실패를 극도로 두려워했던 유년 시절

아파트 꼭대기에서 몸을 던진 이유를 설명하기에 앞서 그간 내가 살아온 궤적을 잠시 떠올려 보려 합니다.

1974년 3월 29일, 나는 사와토 집안의 장남으로 태어났습니다. 여동생과는 아홉 살 터울이라 외동처럼 부모님 사랑을 듬뿍 받았던 기억이 나는군요. 하지만 또래보다 왜소한 체격과 수줍음 많은 성격 탓에 학교에서는 전혀 눈에 띄지 않는 존재였습니다.

남들에 비해 그리 뛰어난 구석도 없는지라 사고치지 말고 무난하게만 지내자 생각했었지요. 모험을 할 엄두도 못 냈어요. 혹시나 실패라도 하게 되면 남들에게 손가락질 받을까, 혼자 튄다고 수근댈까 두려웠거든요.

이렇다 보니 초등학교 내내 수업 중에 스스로 나서서 발표를 한 기억이 거의 없었지요. 어쩌다 선생님이 지목해도 우물쭈물하다 입 밖에 나온 말이라곤 "아직 생각 중입니다" 혹은 "방금 전 학생과 같은 생각입니다" 같은 시시한 대답뿐. 실은 답을 알고 있던 적도 많았지만 만약 틀리기라도 해서 망신을 당할까 겁이 났지요.

중학교에 들어간 뒤부터 '편차치偏差値*'를 의식하게 되었어요. 편차치가 올라가면 뛸 듯이 기뻤고 떨어지면 땅이 꺼져라 한숨을

---

* 일본에서 전국의 학교 및 학생들의 서열을 객관적으로 평가하기 위해 사용하는 자료. 50이 전국 평균이며 수치가 올라갈수록 상위권이다―역자주

쉬며 침울해했죠. 중고등학교 내내 두 자리 숫자에 일희일비하던 나날이었어요. 내세울 것 하나 없이 평범한 자신도 편차치라면 남들의 주목을 받을 수 있었으니까요.

그때부터 굳은 믿음이 생겼습니다. 편차치만 좋으면 좋은 대학을 나와 좋은 회사에 들어가 행복한 생활을 보낼 수 있으리라고.

그렇게 고등학교를 졸업했고 대입 실패의 쓴맛을 봤지만 재수 끝에 원하던 대학에 합격했습니다. 덕분에 자신감도 생겼지요. 이제 인생이 순탄하게 흘러가겠구나, 싶었어요. 어렸을 때부터 남들 눈치만 보다가 유명 대학에 합격하고 나서야 처음으로 우월감을 느끼게 된 거예요.

하지만 그때뿐이었습니다. 대학생이 된 뒤에도 나는 아무것도 달라진 게 없었어요. 여전히 주변 사람들과 나 스스로를 끊임없이 비교했고 정해진 틀 안에 웅크리고는 그 밖으로 나가기를 죽도록 두려워했지요.

대학을 졸업하고 24세에 시즈오카 현에 위치한 직원 2,000여 명의 탄탄한 물류 회사에 취직했습니다. 순조로운 사회생활 진입이었죠. 그리고 입사 4년 만에 그간의 실적을 인정받아 굴지의 물류 회사로 이직, 4년간 교제해온 여자 친구와 결혼에 골인. 그야말로 순풍에 돛을 단 듯 모든 일이 술술 풀려나갔어요.

"좋아! 열심히 해 보자!"

단단히 기합을 넣고 새로운 직장에 출근하는 발걸음은 깃털처럼 가벼웠습니다. 그러나 부푼 기대로 가득 찬 나를 맞이했던 건 상상을 뛰어넘는 살인적인 업무량.

거래처는 15개 업체에서 10배가 늘어난 150개 업체에 달했지요. 남들보다 한 시간 일찍 출근해 지하철이 끊긴 시간까지 남아 일을 계속하는 나날들이 이어졌습니다.

수면시간은 기껏해야 하루에 서너 시간, 어느 때부턴가 정신이 멍해지고 머리가 녹슨 기계마냥 삐걱거리는 느낌이 들기 시작했습니다. 처음에는 '뭐, 아직 적응기니까. 익숙해지면 괜찮아지겠지'라며 대수롭지 않게 여겼지만 시간이 지날수록 증상은 악화일로. 몸과 마음이 점점 지쳐만 갔습니다. '대체 얼마나 지나야 이 상태가 좀 나아질까' 하는 생각만 가득해졌어요.

지금껏 살아오면서 벽에 부딪히는 상황이 오면 열심히 노력해서 그 벽을 뛰어넘었습니다. 그러나 이번만큼은 예외였어요. 아무리 노력하고 발버둥쳐 봐도 벽은 여전히 견고하고 높기만 했지요. 도저히 틈이 보이지 않았어요. 지치고 힘든 마음은 시나브로 불안과 초조로 바뀌어 가기 시작했습니다.

전형적인 우울증

새로운 직장에 들어와 2주일이 지났을 때부터 불면증이 찾아왔습니다. 자려고 누워도 머릿속에서는 일에 대한 온갖 걱정들이 거머리처럼 들러붙어 도저히 잠을 이룰 수가 없었지요.

'내일 꼭 그 일을 처리해야 하는데…… 잘 안 되면 어쩌지.'

일에 대한 집중력과 결단력도 눈에 띄게 떨어졌습니다. 보통 1분 내에 끝마쳤을 사전 찾기도 10분이나 걸리는 경우가 허다했지요. 서류를 복사하는 지극히 간단한 작업도 마찬가지였어요. 일어나 스위치를 누르기만 하면 되는 일인데도 마치 몸이 물에 젖은 솜처럼 어찌나 무겁기만 하던지요.

복사만으로도 엄청난 피로감이 몰려왔습니다. 하루 일과 중 하나인 신문 읽기도 굵은 글자만 무의식적으로 눈으로 좇을 뿐 신문을 덮고 나면 무슨 기사를 읽었는지조차 기억도 나지 않더군요.

세 달가량은 어찌어찌 버텼지만 점점 몸에서 강렬한 이상 신호를 보내오기 시작했습니다. 컴퓨터 앞에 앉으면 진땀이 비 오듯 흘렀고 왼쪽 가슴이 쥐어짜듯 아프더군요. 극렬한 고통을 참다못해 화장실 변기통에 그대로 주저앉아 끙끙 앓는 날도 있었고요. 내과에서 검사를 받았지만 문제없다는 말뿐.

'몸에 이상이 없다면 마음에 이상이 생긴 걸까.'

답답함을 견디다 못해 정신과를 찾았습니다. 이야기를 조용히 듣던 의사는 담담한 어조로 이렇게 말하더군요.

"우울증입니다."

"……"

나는 가만히 눈을 감았습니다. 이직, 그리고 결혼. 인생의 최고조라며 기뻐하던 지난날이 주마등처럼 스쳐 지나갔어요. 이직 소식이 발표되고 '출세는 따 놓은 당상'이라며 축하해 주던 동료들. 이제부터 시작이라고 생각했는데…….

고작 네 달 만에 모든 게 어그러지고 말았습니다. 순탄하게 돌아가던 인생에 난데없이 브레이크가 걸린 느낌이었죠.

우울증 선고를 내린 의사는 이렇게 덧붙였습니다.

"잠시 회사를 쉬는 게 좋을 듯싶습니다만……."

머릿속이 복잡해지더군요.

'한 번 쉬게 되면 다시 복귀하기도 어려우리라.'

'운 좋게 출세 코스를 탔는데 여기서 공백기를 가지면 모든 게 물거품이 되어 버린다.'

'예전 회사로 돌아가면 다시 괜찮아질 거야. 이 회사에 있을 동안만 이 악물고 버티자.'

결국 아무 일도 없었다는 듯 다음 날 회사로 출근했습니다. 어쩔 수 없었어요. 우울증에 대한 두려움보다 회사에서 버림받을지도 모른다는 두려움이 더욱 컸으니까요.

예전보다 더 업무에 몰두하려 했지만 이미 병명을 알게 된 탓인지 신경이 잔뜩 곤두서고 불안했습니다. 흡사 시한폭탄을 안은 병사처럼 말이죠. 아니나 다를까, 증상은 하루가 다르게 악화되어 갔지요.

출근해서 컴퓨터 전원을 켜려는 순간, 몸이 딱딱하게 굳어 버려 온종일 안절부절못하는 날도 있었지요. 물론 컴퓨터는 손도 대지 못했고, 메일을 확인하기조차 두려웠어요.

'거래처에서 보낸 불만 메일이 가득하면 어쩌지.'

하루에도 수십 번이나 이런 망상에 휩싸이곤 했지요. 그러나 이건 그야말로 예고편에 불과했습니다. 이후 불어닥친 거센 풍랑에 비한다면 말이죠.

3년간의 파견을 끝내고 드디어 이전의 회사로 복귀하게 되었습니다. 여전히 심신은 피로했지만 마음만은 후련했어요.

'이제 다시 돌아가면 예전으로 돌아갈 수 있을 거야.'

희망에 가득 차 더욱 일에 몰두했지요. 그러나 그 생각은 나만의 착각이었나 봅니다. 자리를 비운 동안 회사 분위기는 참 많이 달라져 있더군요. 아무리 애써도 누구 하나 알아주지 않았고 갈수록 동료들 사이에서 겉돌기만 했습니다.

'난 대체 무얼 위해 3년을 버틴 것일까……'

필사적으로 쌓아 왔던 것들이 하루아침에 허무하게 무너진 느낌이었죠. 엎친 데 덮친 격으로 아내와 큰 말다툼 끝에 반년간의 별거에 들어갔습니다. 그리고 우리 부부는 끝내 이혼 서류에 도장을 찍고 말았죠. 비틀거리면서도 간신히 세상에 발을 딛고 서 있던 나에게 이혼은 그야말로 강력한 한 방이었습니다. 이혼하고 일주일도 안 돼 곧바로 후회가 파도처럼 밀려왔어요.

'왜 이혼했을까!'

'대체 싸움 같은 걸 왜 해서는!'

'별것도 아닌 일이었는데!'

'앞으로 날 좋아해 줄 여자는 아무도 없겠지.'

회사에서도 일이 손에 잡히지 않더군요. 가까스로 유지해 오던 긴장의 끈이 이혼을 계기로 툭, 하고 끊어져 버렸지요. 아슬아슬, 위태롭게 이어지던 싸움이 단 한 방으로 KO패가 되어 버린 것이죠. 나는 다시금 일어설 기력을 상실해 버리고 말았습니다.

그리고 몇 개월 뒤 휴직을 결심합니다. 우울증 진단을 받은 지 3년 뒤의 일이었지요.

처음부터 다시 시작하고 싶다!

하루아침에 가정도 직장도 사라지고 그야말로 외톨이가 되었습니다. 3년 전까지만 해도 순조롭기만 한 삶이었는데 말이죠. 스스로가 한심하고 비참해서 견딜 수가 없었어요. 하루에도 수십 번씩 죽고 싶다고 생각했죠.

"나 같은 건 콱 죽어 버려야 돼!"

울분과 절망에 가득 찬 나머지 방 안에서 이렇게 고함치는 일마저 있었습니다. 하지만 그럼에도 한 가닥 희망은 남아 있었나 봅니다. 수도 없이 죽고 싶다고 느끼면서도 마음 한구석에는 다시 시작하고 싶다는 마음이 남아 있었거든요.

다행히 운이 좋아 4개월 뒤에 다시 복직할 수 있었습니다. 잠시나마 희망이 생기더군요. 그러나 이번에도 기대는 여지없이 배반당하고 말았어요. 회사에 복귀한 뒤 주어진 업무량은 이전에 비해 고작 10분의 1.

'내 가치는 고작 이 정도란 말인가.'

'나 같은 인간은 더 이상 쓸모없는 존재다.'

비참한 굴욕감이 들더군요. 지금 돌이켜 생각해 보면, 상사의 배려로 일부러 업무량을 줄여 준 것이라 생각합니다. 그러나 당시 가뜩이나 위축되고 부정적인 생각만 가득했던 내겐 상대의 배려를 이해해 줄 마음의 여유 따윈 없었지요.

밥을 먹으러 가도 동료들이 눈길을 주거나 말을 걸어오는 횟수가 눈에 띄게 줄어들었습니다. 이 역시도 지금 생각해 보면 우울증에 걸린 나를 어떻게 대할지 몰라 그랬었겠지만 그땐 어찌나 서운하고 외롭던지요.

마음이 무거워지니 몸의 반응도 따라오더군요. 몸이 천근만근 무거워졌고 이불 밖으로 나오기가 힘들어졌습니다. 결국 복직 3주 만에 다시 휴직.

'난 결혼도 일도 실패했다.'

31년 인생이 실패했다고 생각했습니다. 희망이 조금도 보이지 않았죠. 온종일 이불 속에서 뒹굴거리며 스스로를 책망했어요.

'복귀해도 어차피 안 될 거야.'

'나 같은 건 회사에 짐만 될 뿐이다.'

'이런 날 받아줄 회사도 없겠지.'

'다시 시작하고 싶다.'

후회와 울분, 절망이 쉼 없이 뒤엉켰어요. 뭐랄까, 링 위에서 상대편으로부터 정신없이 가격을 당하는 기분이랄까요. 벗어나려고 발버둥을 칠수록 상대방의 주먹은 점점 강하게 몰아쳤어요. 끊임없이 펀치를 날리며 나를 밖으로 밀어내는 세상도 미웠지만 바보처럼 맞기만 하는 나 자신도 한심해서 견딜 수가 없었어요.

얼굴도 딱딱하고 험상궂게 변해 버렸습니다. 거울 보기가 싫어졌어요. 싱글벙글 잘만 웃던 예전의 나에게 질투심마저 들 지경이었죠.

'나 같은 건 뭘 해도 이제 다 글렀다.'

'삼십 대인데 어떻게 다시 인생을 시작한다고…….'

'성격도 모조리 바꿔 버리고 싶지만 이제 와서 될 턱이 없지.'

'앞으로 남은 인생에서 좋은 일 따위는 없겠지.'

'그렇다면 차라리 없어져 버리는 게 낫겠다.'

희망의 빛이 보이지 않는 암흑 속 나날들이 이어졌습니다. 수면제로 효과를 보는 두세 시간만이 하루 중 유일하게 평화로운 때였어요. 스르르 잠이 들 때면 오로지 한 가지 생각만 했습니다. 이대로 눈을 뜨지 않았으면 좋겠다고…….

아파트 꼭대기로 올라가다

방바닥에 드러누워 하염없이 천장만 바라보는 날이 한 달 이상 이어졌습니다. 삶을 지탱해 오던 버팀목은 깡그리 무너진 지 오래였죠. 일단 죽고 싶다고 마음먹자 생각이 꼬리에 꼬리를 물고 이어지더군요.

'더 이상 살아봤자 의미가 없다.'

'그럼 어떻게 죽을까.'

'높은 데서 확 뛰어내릴까.'

남은 사람들이 충격을 받진 않을까 잠시 신경이 쓰이기도 했지만 한 번 각오한 마음을 막기엔 역부족이었어요. 벼랑 끝에 몰린 상황에서 누군가를 배려한다는 건 사치에 불과했으니까요.

2005년 8월의 어느 날, 나는 멍하니 집 근처를 걷고 있었습니다. 건강을 위한 산책이 아닌 투신할 장소인 아파트를 찾기 위한 탐색. 그리고 그날 밤, 낮에 보아둔 아파트로 향했습니다. 단숨에 계단을 뛰어올라 꼭대기에 올라갔어요. 그러곤 아래를 내려다보았죠. 평소라면 2층에서 내려다보는 것만으로도 온몸이 오싹해지는데 그때는 웬일인지 꼭대기에서 내려다봐도 마음이 평온했습니다. 아래쪽에는 아무도 없더군요.

조금 뒤로 물러섰습니다. 천천히 속도를 내며 뛰기 시작했지요. 주저 없이 아래로 몸을 훌쩍 날렸고, 이내 정신을 잃었습니다.

몸을 던진 순간

얼마나 지났을까요. 눈을 떠보니 콘크리트 바닥 위에 엎드려 있는 게 아니겠어요. 심지어 아무도 내가 떨어진 걸 눈치 채지 못한 모양이었어요.

'여긴 어디지?'

'왜 내가 여기 누워 있지?'

의식이 돌아오고도 잠시 동안 어리둥절한 상태로 그렇게 누워 있었죠. 그러고는 멍한 상태로 왼쪽 다리를 질질 끌며 집으로 걸어 갔어요. 도중에 정신이 퍼뜩 들더군요.

'이제 기억이 난다! 아파트 꼭대기에서 뛰어내렸지.'

집에 돌아오자마자 구급차에 실려 갔습니다. 부상은 왼쪽 무릎 골절과 다리와 머리의 가벼운 출혈이 전부였습니다. 다리부터 떨어졌다더군요. 의사가 믿기 힘들다는 표정으로 상태를 설명하며 이렇게 덧붙였습니다.

"이 정도로 끝나다니 그야말로 기적입니다. 머리부터 떨어졌다면 그대로 즉사했을 겁니다."

그렇게 나는 다시 살아났습니다. 병원 침대에 누워 있으니 마음이 참으로 복잡해지더군요. '실패했다'는 마음과 '난 아직 죽으면 안 되는 걸까'라는 마음이 교차했지요.

가끔 사람들이 묻습니다. 왜 자살하려 했냐고. 분명한 건 충동적인 행동은 결코 아니었다는 겁니다. 돌이켜보건대 아파트에서 뛰어내리기 전까지 두 가지 감정에 사로잡혀 있었지요.

첫 번째는 '이제 그만 편해지고 싶다'라는 것. 하루 24시간, 1분

1초가 괴로웠고 더 이상 버틸 자신이 없었어요. 이제 그만 고통에서 해방되고 싶었죠.

두 번째는 '다시 시작하고 싶다'는 것. 중증 우울증을 앓으며 희망 따윈 없다고 자포자기했습니다.

'이런 모습이라면 앞으로 아무리 노력한들 소용없다.'

'예전으로 돌아가려면 성격도 환경도 전부 변해야 한다.'

'그러려면 지금까지의 인생을 정리하고 처음부터 다시 시작하는 것밖에는 방도가 없다.'

참으로 어리석은 생각이었지요. 목숨이 끊어지면 모든 것이 끝인 것을. 그러나 당시엔 나 자신이 너무나도 비참하고 싫어서 견딜 수가 없었습니다. 결국 몸을 던져 이 상황을 끝장내는 것 이외엔 방법이 없었지요.

아무것도 묻지 않으셨던 어머니

병원에 동행한 어머니는 크게 내색은 안 하셨지만 상당한 충격을 받은 눈치셨습니다. 이혼하고서부터 줄곧 부모님과 함께 살고 있었기에 어머니는 아들이 우울증을 앓고 있음을 진작부터 알고 계셨죠. 몰래 우울증 관련 서적을 탐독한 적도 있으셨고요. 하지만 어머니는 끝내 그날 일에 대해 아무것도 묻지 않으셨습니다. 그저 묵묵히 곁을 지켜주실 뿐, 3박 3일을 꼬박 병실에서 새우잠을 주무시면서도 한시도 옆을 떠나지 않으셨어요.

'넌 혼자가 아니란다.'

'언제까지나 옆에 있어 줄게.'

마치 이런 메시지를 보내시는 듯했지요. 그 당시에는 누군가에게 고맙다고 말할 수 있는 상태는 아니었지만 아무것도 묻지 않고 단지 곁에 있어 주셨던 일은 지금 생각해 봐도 감사한 마음뿐입니다.

남들에게 도움을 요청하기가 왜 그리 어렵던지요. 나는 이제껏 살아오면서 주변 사람들에게 도움을 구하지 않고 혼자서만 애써 왔어요. 그런데 이 무렵부터는 '나약한 내 모습을 보여도 될까', '상대에게 조금은 의지해도 좋을까' 라는 생각이 들기 시작했습니다. 죽고 싶다는 기분이 완전히 사라지진 않았지만 그럼에도 밤마다 기도했어요. 이제 스스로 삶을 놓아 버리는 일만은 그만두자고 말이죠.

하지만 이때는 미처 몰랐습니다. 그로부터 2년 후에 또다시 자살 충동에 시달리는 자신을 이 기도가 구해줄 것이라는 사실을.

대장을 모조리 들어내다

병원에서 퇴원은 했지만 아직 심신이 불안정한 상태였던지라 얼마 뒤 정신과 병원에 다시 입원했습니다. 이따금 자살 충동에 휩쓸리기도 했지만 서서히 삶의 기력을 회복해 갔지요. 두 달 뒤에 퇴원해서 집에 돌아오니 사회에 복귀하고픈 기분도 들더군요.

'과감하게 이직해서 다시 시작해 보자!'

심기일전해 열심히 살아가자고 마음먹던 차에 또 다른 시련이 찾아왔습니다. 어느 날 느닷없이 칼로 후려 파는 듯한 강렬한 복통이 온몸을 덮쳤어요. 진단 결과는 '위장성 대장염.' 특정 질환으로 지정된 대장 난치병이라고 하더군요. 오랫동안 받아온 극도의 스트레스가 몸에 탈을 일으킨 건지도 모릅니다.

그렇게 일 년 동안 입원과 퇴원을 반복했지만 별다른 차도는 없었어요. 이대로라면 대장에 구멍이 뚫려 버린다며 의사는 대장 적출 수술을 제안하더군요.

2007년 2월 15일, 나는 대장을 모조리 들어내는 수술을 받았습니다.

제1장 내가
'삶을 놓아 버리고 싶다'는
마음에서 해방되기까지

5년 반의 우울증과 대장 적출 수술.
고통스러운 시간이었지만
덕분에 든든한 지원군도 생겼습니다.
병원에서 만난 동지와 가족, 나 자신의 몸.
그리고 깨달았죠.
내 목숨을 지켜준 건 다름 아닌 우울증이었음을.

정신과 병동에서 만난 '우울증 동지'

단지 곁에 있는 것만으로도 편안해지는 두 사람

아파트 꼭대기에서 뛰어내렸다 기적적으로 목숨을 부지했지만, 정신적으로는 여전히 불안정한 상태인지라 언제 또 일을 저지를지 모르는 상황이었어요. 결국 정신과 병원에 입원하게 되었죠.

엄격한 폐쇄 병동 생활은 몹시 갑갑하고 불안했어요. 좀처럼 마음이 진정되지 않았고 주변 사람들과 눈도 마주치기 힘들더군요. 다행히 한 달가량 지나자 극도의 불안감은 서서히 진정되었습니다. 이따금 산책을 하거나 같은 병동 환자들과 말을 섞는 등 제법 병원 생활에도 익숙해지기 시작했지요.

병동에는 나처럼 중증 우울증 환자를 비롯해 정신분열증, 식이장애 등의 정신 질환으로 입원한 사람들이 대부분이었어요. 나는 그들 중 20대 남녀 환자와 자연스레 친해지게 되었습니다. 밤마다 우리는 약속이나 한 듯 병원 응접실에 모였죠.

딱히 특별한 화제가 있는 건 아니었어요. 그저 각자의 병에 대해 이런저런 이야기를 하거나 연예인에 대한 가벼운 잡담을 나누기도 했지요. 어쩔 땐 다들 멍하니 텔레비전만 바라볼 때도 있었는데 그 상황이 전혀 어색하지 않더군요. 단지 서로가 곁에 있는 것만으로도 안심이 되고 마음이 편안해지는 느낌이랄까요.

자라온 환경은 각자 달랐어도 우린 커다란 공통점이 있었으니까요. 그것은 같은 병동에서 마음의 병을 앓고 있다는 것이었죠. 덕분에 깨달았습니다.

'괴로워하는 건 나만이 아니구나.'

우리는 늘 편안한 차림새였어요. 후줄근하게 목이 늘어진 추리닝이나 펑퍼짐한 잠옷 차림, 머리도 덥수룩했지만 그래서 더욱 편했는지도 몰라요. 사회에서 만나던 사람처럼 무리해서 꾸미거나 억지웃음을 지으며 눈치를 볼 필요가 없었으니까요.

힘들 땐 비슷한 처지의 상대를 찾는다

당신에게 두 명의 친구가 있다고 해 볼까요. A는 언제나 밝고 활기차며 회사에서 인정도 받는 그야말로 잘나가는 사람이에요. B는 소심하고 자신감이 부족해 곧잘 나약한 소리를 하는 사람이고요. 당신 마음이 무척이나 괴로울 때 둘 중 누구와 이야기를 나누고 싶나요? 대부분은 의기소침해진 자신에게 용기를 북돋고 에너지를 불어넣어 줄 A를 선택하겠지요.

만약 나라면 B를 선택하겠어요. 일반화하긴 힘들지만 에너지가 넘치고 열정적인 사람과 함께 있으면 약한 속내를 털어놓기가 쉽지 않아요. 자기도 모르게 상대의 장단을 맞춰 주다 되레 피곤해지기 일쑤지요. 반면 '인생이 왜 이리 안 풀리지' 하며 가볍게 한숨을 내쉬는 사람과 함께 있으면 왠지 마음이 차분해지죠. 상대가 나의 고민을 공감하기도 쉽고요.

사람은 비슷한 처지에 있는 상대와 함께 있을 때 편안함을 느끼기 마련이에요. 괜히 분위기를 어색하게 만들까 봐 애써 밝은 척할 필요도 없잖아요? 서로의 처지를 이해하며 함께 다독이다 보면 한결 마음이 후련해짐을 느낄 수 있어요.

나에겐 힘들 때 연락하는 사람이 네 명 있답니다. 한 명은 언제나 차분하게 이야기를 들어주는 상담 선생님 같은 사람. 다른 이는 대학 시절부터 친하게 지낸 20년 지기 벗. 그리고 나머지 두 명은 무척이나 소심하고 소극적이지만 힘들 때 대화를 나누면 부드러운 파도처럼 내 마음을 어루만지며 공감해 주는 사람들이랍니다.

당신은 힘들 때 누구와 이야기를 하나요? 휴대폰을 열어 주소록에 저장된 사람들을 훑어보세요. 그리고 소심하고 나약하다 생각했던 사람을 찾아보세요. 그동안 소원했더라도 괜찮아요. 상대는 분명 힘든 상황을 하소연하며 침울해하는 당신을 다정하게 토닥여 줄 테니까요. 그리고 자신이 당신에게 도움이 되었음을 무척 기뻐할 겁니다.

동병상련이라는 말도 있잖아요. 비슷한 처지의 사람들은 서로 도움을 주고받고 의지해 나가며 그렇게 소중한 동지가 되어 가는 법이랍니다.

과過 호흡으로
진심을 깨닫다

'살고 싶다'는 욕망

살아오면서 '삶을 놓아 버리고 싶다'고 생각한 적은 숱하게 많았지만 '난 이제 정말 죽는가 보다' 하고 피부에 와 닿게 느낀 적은 단 한 번뿐이었습니다. 바로 2007년 2월 15일, 대장 적출 수술을 받던 날이었죠.

5시간의 수술이 무사히 끝나 안심하기도 잠시, 불안감이 엄습하더군요. 수술 후 약 일주일간은 물이나 음식뿐만 아니라 약도 일절 먹어선 안 된다는 사실이 그것이었죠.

당시엔 심신의 스트레스가 극에 달해 투신자살을 기도했던 때 못지않게 정신적으로 벼랑 끝에 내몰린 상태였어요. 수면제를 먹어도 두 시간밖에 잠을 이루지 못할 만큼 신경이 잔뜩 곤두서 있었죠.

'수면제를 못 먹으면 영영 잠들지 못하리라.'

하루에도 수천 번, 앞으로 잠을 잘 수 없으리란 불안과 공포가 정신을 야금야금 잠식해 갔습니다. 이내 몸도 반응하기 시작하더군요. 맥박이 빨라지고 호흡도 가빠졌지요. 진정시키려 해도 허사였어요. 그럴수록 호흡만 점점 더 격렬해질 뿐.

머릿속이 하얗게 변해 버렸습니다. 스스로를 제어하기가 힘들었어요. 태어나서 처음 경험하는 격렬한 과過호흡. 온몸이 뻣뻣하게 굳고 심지어 환청마저 들리더군요. 피아노의 구슬픈 클래식 선율이었죠.

'아, 난 이제 정말 죽는가 보다.'

눈부신 햇빛이 창가에 비쳐 들었습니다. 창밖으로 보이는 강물 너머로 누군가 나를 부르고 있었어요. 희미해지는 정신줄을 필사적으로 붙잡으며 머릿속은 오직 한 가지 생각뿐이었어요.

'살고 싶다!'

오열과 함께 목구멍 깊숙이 이 말이 터져 나왔습니다. 눈물이 양 볼을 타고 주르륵 흘러내렸죠. 이토록 뜨거운 눈물을 흘린 게 얼마만인지 기억도 안 나더군요. 수천 번, 수만 번, 죽고 싶다고 외쳐왔는데 막상 죽는다고 생각하니 살고 싶다고 울면서 부르짖고 있다니……

그래요, 나는 살고 싶었습니다.

황급히 간호사가 달려왔어요. 거친 호흡으로 괴로워하는 내 손을 꼭 부여잡고 아이 달래듯 속삭였지요.

"괜찮아요. 걱정 말아요. 아주 잘 숨 쉬고 있어요."

그땐 그 말이 왠지 이런 뜻으로 들리더군요.

'괜찮아요. 걱정 말아요. 숨을 쉬는 한, 다시 마음이 편해질 수 있어요.'

아득한 정신 속에서도 이 말을 몇 번이나 되씹었는지 모릅니다.

태어나다

태어난 지 얼마 안 된 아기는 오로지 삶에 대한 본능으로 가득 차 있습니다. 그러다 성장하면서 이런저런 고락을 겪으며 본능이 옅어져 가지요. 기억나시나요. 순수하게 오직 살고자 하는 욕망으로 충만하던 그 시절을.

여기 삶의 원점에 대해 돌이켜 보게 만드는 영화 한 편이 있습니다. 고우다 토모 감독의 〈태어나다 うまれる〉입니다. 이 영화는 일본 전역의 70개 영화관에서 개봉되었는데 관객들의 입소문을 타고 점점 상영관이 늘어났다지요. 출산, 사산, 불임, 장애, 태아 기억 등

'태어남' 에 대한 갖가지 경험을 한 부부 및 가족의 네 가지 에피소드를 담아낸 다큐멘터리 영화입니다.

나는 영화 속의 '태어남' 에 관한 생생한 모습을 통해 생명을 부여받고 세상에 태어난 인간에 대해 다시금 생각해 보게 되었습니다. 눈물샘을 자극하면서 '생명은 소중하다' 고 강요하지 않고 담담하게 보여 주기에 더욱 마음에 와 닿았어요.

내 권유로 이 영화를 본 30대의 우울증 여성 환자는 이런 감상을 보내 주었지요.

저절로 눈물이 흘렀습니다. 인간이 태어나는 순간, 그것은 얼마나 굉장한 일인가요. 이 영화를 보고 깨달았습니다. 태어남에는 크나큰 아픔을 동반하지만 그 속에 희망이 내포되어 있음을요. 그리고 그 순간에는 늘 소중한 존재가 함께 한다는 것도요.

내 안에 미처 소화되지 못한 채 찌꺼기처럼 남아 있던 응어리가 조금은 풀린 느낌입니다. 답답했던 마음이 한결 가벼워졌습니다. 감사합니다.

태어남의 의미를 돌이켜 본 덕분에 그녀는 삶에 대한 의욕을 되살리고 직면한 괴로움을 마주할 용기를 얻었습니다.

생각해 보세요. 세상의 빛을 보기 위해 당신과 어머니가 기꺼이 감당했던 엄청난 고통을. 그리고 한 치의 의심도 없이 생명의 에너지로 충만했던 태어남의 순간을.

스킨십의 놀라운 힘

마음까지 어루만지는 스킨십

나는 강연이 끝나면 되도록이면 참가자들과 악수하는 시간을 갖습니다. 예전에 강연회에 참석했던 분이 1년 후, 아래와 같은 한 통의 메일을 보내준 뒤로 말이지요.

사와톤(내 애칭) 씨가 들려준 이야기보다 악수를 했을 때의 따스한 감촉이 더욱 기억에 남습니다. 지금도 그때의 느낌을 떠올리면 마음이 편안해집니다.

피부와 피부가 닿는 감각은 때로는 언어 이상으로 여운이 긴 법입니다. 나 역시 스킨십의 효과를 톡톡히 실감했던 적이 있었지요.

대장 적출 수술을 받은 날 밤, 불면증에 대한 공포로 호흡이 극도로 격렬해졌었다고 앞서 밝힌 바 있습니다. 간호사가 달려와 내 손을 지그시 잡으며 다독여 주었던 것도요. 그런데 간호사의 손길이 닿자 숨이 끊어지나 싶도록 격했던 호흡이 서서히 진정되는 게 아니겠어요? 놀라움 그 자체였지요. 거기서 끝이 아니었어요. 안심한 간호사가 병실을 나서자 다시 호흡이 격해지는 거예요. 그리고 간호사가 돌아와 다시 손을 잡아 줬더니 거짓말처럼 다시 호흡이 진정되더라고요. 이 현상은 그 뒤로도 서너 번이나 더 반복되었어요.

'손의 힘'이란 실로 대단하더군요. 왜 '手当て(닿다)*'란 말이 치료를 의미하는지 이제야 알 것 같았어요. 손의 힘을 느낀 다음부터는 쑥스러움을 무릅쓰고 병문안을 오는 가족과 친척, 친구들에게 손발을 주물러 달라고 부탁했습니다. 그러자 감쪽같게도 마음이 편안해지더군요.

흔히 마사지를 받으면 혈액순환이 원활해져 몸이 노곤해지고 기분이 좋아진다고 하지요. 하지만 스킨십의 효과는 몸에 활기를 불어넣는 그 이상이에요. 우리는 상대와 따스한 체온을 나누며 친밀감과 유대감을 느끼잖아요. 이것이야말로 살아 있기에 느낄 수 있는 행복이 아닐까요?

－－－－－－－－－－
* '手'는 손, '手当て'는 '닿다'를 뜻한다. – 역자주

천 마디 칭찬보다 중요한 것

일전에 방문했던 이와테 현 기타카미 시에 위치한 어느 초등학교에서 포스터를 본 적이 있습니다. 교장 선생님이 호주의 한 초등학교에서 받은 것이라는데 영어로 천 가지 칭찬이 빽빽이 채워져 있더군요.

'I love you !', 'You are special!', 'Great!' 등등.

그리고 마지막에 적힌 한 문장.

'하지만 천 마디 칭찬보다 한 번의 포옹이 더 낫다!'

나는 무릎을 탁, 하고 쳤지요. 그래요, 따뜻하게 안아 주는 한 번의 포옹의 힘은 천 마디 칭찬보다 강력합니다.

우울증에서 해방되어 예전의 생활로 돌아간 사람들에게 종종 이렇게 묻곤 합니다. 우울증에서 벗어날 수 있었던 계기가 무엇이었냐고요. 의외로 이런 대답이 많더군요.

"누군가 저를 말없이 안아 주었던 일입니다."

"따스한 포옹을 받고 '하찮고 비루한 내 존재를 고스란히 받아들여 주는 사람이 있구나' 하고 생각했던 일이요."

그중엔 어머니가 꼭 껴안아 주었다고 대답한 남자도 있었어요. 여자도 그렇겠지만 특히 남자는 철이 들고 성인이 되면 어머니와 포옹할 기회가 거의 없지요. 그러나 어린 시절을 한번 떠올려 보세요. 어머니의 보살핌을 받으며 하루에도 수십 번 어머니 품이나 등에 안겨 편안함을 느꼈던 그때를 말이에요. 포옹은 엄마와 아이가 나누던 친밀한 유대감을 상기시키고 자신이 혼자가 아님을 깨닫게 해주는 최고의 방법이에요.

나이를 먹을수록 일상생활에서 누군가와 포옹을 나누거나 신체적 접촉을 하는 경우가 참 드물어요. 그렇다면 아쉬운 대로 집 근처에서 마사지를 받아 보는 것도 괜찮은 방법이에요. 요즘에는 마사지 종류도 많아지고 가격대도 다양해져서 예전보다는 문턱이 제법 낮아졌답니다.

마사지의 좋은 점은 무언가를 할 필요가 없다는 것이죠. 가만히 누워 있기만 하면 그만이니까요. 마사지를 받으면 몸은 한결 가벼워지고 마음도 편안해지니 시간적 여유가 있고 비용이 부담스럽지만 않다면 이만한 휴식법도 없어요. 상황이 여의치 않다면 가족이나 친구 등 주변 사람들에게 부탁하는 방법도 있어요. 부담 갖지 마세요. 그들은 분명 우울증에 걸린 당신을 돕고 싶은 마음이 강할 테니 당신의 부탁을 받으면 기꺼이 도와줄 거예요.

이마저도 어렵다면 스스로 하면 되지요. 쇄골 아래와 가슴 위 사이에, 움푹 들어간 곳을 집중적으로 천천히 주물러 보세요. 자세 교정 전문가인 사카구치 미유키 씨에 의하면, 이 부분을 가볍게 풀어 주기만 해도 가슴이 부드럽게 열린다고 해요. 얕아진 호흡이 깊어지고 산소가 체내에 골고루 전해져 몸과 마음이 편안해지고 활기를 얻게 된다는군요.

누이가 건네준 초콜릿

수술 후 생긴 조그만 희망

대장 적출 수술을 받은 날은 2월 15일, 밸런타인데이 다음 날이었습니다. 아홉 살 어린 누이가 수술하기 며칠 전에 병실을 찾아왔어요.

"수술 끝나면 먹어."

그러면서 초콜릿 상자 하나를 내밀더군요. 안타깝게도 모든 영양 보충을 링거에만 의존하던 생활이라 그야말로 그림의 떡이었죠.

당시 중증의 우울증이었던 나는 대장을 모조리 들어내는 수술을 앞두고 있어 극도로 불안하고 힘든 상태였습니다. 하루하루가 괴롭고 두려웠죠. 그런데 그 누가 알았겠어요. 누이가 건넨 초콜릿이 삶의 희망이 될 줄 말이에요.

나는 초콜릿 상자를 만지작거리며 생각했지요.

'맛있겠네. 수술이 끝나면 꼭 먹어야지.'

수술이 끝나고 일주일 뒤, 드디어 유동식을 먹을 수 있게 되자 기다렸다는 듯 초콜릿을 덥석 집어 입안에 넣었습니다. 입 안에 가득 퍼지는 그 달콤하고 씁쓰레한 맛이란!

'아! 정말 맛있다. 초콜릿이 이토록 맛있는 거였다니.'

상자에 담긴 초콜릿은 총 열두 개. 애당초 하루에 한 개씩 아껴 가며 먹을 작정이었지만 30초 뒤 초콜릿은 흔적도 없이 사라진 뒤였죠.

누이가 준 건 초콜릿이 아니었어요. '초콜릿을 먹고 싶다'는 작지만 커다란 희망이었죠.

사람은 누구나 힘들고 괴로우면 현실에서 도피하고 싶어집니다. 다시는 돌아올 수 없는 강을 건넌 것처럼 행복했던 시절로 돌아가고 싶은데 도무지 방법이 없어 절망감에 빠져들죠. 그렇다고 지금의 자신을 받아들이자니 도저히 용기가 나질 않고요.

'난 원래 이러지 않았는데, 이건 내 모습이 아닌데……' 하며 좋았던 시절을 떠올리지만 그럴수록 현재의 비참함만 커질 뿐이죠. 그때로 돌아갈 수 없다면 살아갈 이유도 없다는 생각이 마음속에서 점점 더 스멀스멀 자라나게 되는 거예요.

그럴 땐 미래의 희망을 찾아보세요. 사소한 거라도 좋아요. 앞이 보이지 않는 캄캄한 터널 속에서 실낱같은 한줄기 희망이 당신을 눈부신 세상 속으로 인도할 테니까요.

목표를 조금씩 앞으로 이어 간다

조그만 목표의 소중함을 가르쳐 준 가족이 있습니다. 바로 아이치 현 도요하시에 사는 아사쿠라 가족이에요.

삼 형제 중 큰아들인 마사시 군은 두 살 때부터 신경아종神芽腫이라는 소아암을 앓고 있었지요. 증상은 계속 진행되었고 마사시 군은 입원과 퇴원을 반복했어요. 어린 나이에 감당하기 버겁고 고통스러운 치료였음에도 힘겨운 내색 한 번 없었지요. 자신에게 주어진 가혹한 상황만으로도 버티기가 쉽지 않았을 텐데도 마사시 군은 곁에서 도와주는 사람들에게 고맙다는 인사를 잊지 않을 만큼 속이 깊은 아이였어요. 많은 사람들이 그 아이를 보며 살아갈 용기와 희망을 얻었다고 말할 정도였지요.

소년을 지탱해 준 건 대체 무엇이었을까요? 그건 바로 가까운 앞날에 이룰 수 있는 조그만 목표였습니다.

초등학교 입학하기

돌고래에게 먹이 주기

후지 산 보기

같은 병실의 할아버지 환자에게 직접 만든 강아지 인형 선물하기

…

마사시 군은 여러 사람들의 도움을 받아 원하던 목표를 하나씩 이루어 나갔습니다. 하나의 꿈을 이루면 그 성취감과 행복을 버팀목 삼아 괴로운 치료도 견딜 수 있었죠. 마사시 군의 어머니는 아들과 함께 목표를 고민하고 어떻게 이루어 낼지를 생각해 나갔어요.

그러던 어느 날, 나는 그녀에게서 인상적인 메일을 하나 받았습니다.

집 앞뜰에 튤립이 활짝 피었네. 다음에는 해바라기 씨를 심어 볼까?

계절이 바뀔 때마다 우리 모자는 소소한 즐거움을 찾아내고 조금씩 목표를 앞으로 이어 가며 살아갑니다. 매 순간 살아 있다는 행복을 실감하는 중입니다. 하루하루가 너무나 소중하고 고맙습니다.

'목표를 조금씩 앞으로 이어 가며 살아간다' 는 말이 특히나 인상
적이었지요. 세상이 자신을 버렸다고 느낄 때 하루, 아니 1분 1초도
견디기 힘들어요. 먼 미래의 일 따위는 생각할 여유도 없지요. 그래
서 사소하고 소소한 목표를 갖는 겁니다.

'내일 텔레비전에서 중계하는 프로야구를 보자' 라든가, '건강해지
면 시원하고 달콤한 주스를 마셔야지' 도 좋아요. 조그만 목표를 이루
고자 마음먹으면 지금까지 보이지 않았던 희망의 빛이 보입니다.

마사시 군은 2010년 11월, 많은 사람들이 지켜보는 가운데 7세
의 나이로 세상을 떠났습니다. 하지만 소년은 지금까지도 수많은
이들의 마음속에서 살아갈 용기를 전해 주고 있습니다.

이 또한
지나가리라

나의 경우, 삶을 놓아 버리고 싶다는 마음에서 해방된 계기는 정신 병원에 있을 때 문병을 온 여성이 건넨 한 마디 말 때문이었습니다. 중증 우울증으로 날마다 죽음을 생각하던 나에게 나이 지긋한 그 여성은 빙그레 웃으며 이런 말을 건넸지요.

"뭐 그리 서두르나요. 때가 되면 어련히 죽음이 당신을 데리러 올 것을."

뒤통수를 한 대 맞은 느낌이었어요. 죽음의 유혹에 시달리는 마음을 꿰뚫어 본 걸까요? 남들에게 들은 죽음에 대한 말 중 이토록 깊은 울림을 받은 건 그때가 처음이었어요.

'그래, 사람은 태어난 이상 언젠간 죽기 마련이야. 어떻게 살든 결국 끝은 온다. 죽음 앞에선 누구도 평등하다.'

　지금껏 타인과 비교만 하며 스스로가 만든 열등감의 감옥에 갇혀 살아왔어요. '참으로 부질없는 짓을 하면서 스스로를 괴롭혀 왔구나' 싶었습니다. 어둡고 답답했던 마음이 자못 개운해지는 느낌이었어요.

　'그래, 그럼 한번 살아 보자!'

　사실 우울증을 앓기 전과 후를 비교해 보면 그다지 바뀐 건 없습니다. 사람이 그리 간단히 변하는 존재는 아니죠. 다만 완전히 바뀌었다고 단언할 수 있는 게 하나 있습니다. 바로 '사생관死生觀', 즉 삶과 죽음에 대한 마음가짐입니다.

　예전엔 되도록이면 건강히 오래오래 살고 싶다고 생각했어요. 하지만 지금은 아니에요. 언젠가 인생이 끝나 버린다 해도 그것대로 나쁘지 않아요. 앞으로 하고 싶은 일도 있고 가족과 오래도록 지내고 싶지만 설령 인생이 예고 없이 끝난다 하더라도 하늘의 뜻이라 생각하기로 했습니다.

　'생명에는 한계가 있다' 라는 사실을 겸허히 받아들인 셈이지요. 사람은 태어난 순간부터 죽음을 향해 한 발자국씩 나아가고 있어요. 이 사실만은 누구도 바꿀 수 없지요.

자신만의 '사생관'을 확립한다

자신만의 사생관을 확립해 두면 남은 생을 편안히 보낼 수 있어요.

마에다 테쓰 감독의 〈돼지가 있는 교실ブタがいた教室〉이라는 영화가 있습니다.

초등학교 6학년 교실에 새로 부임한 담임교사가 '다 함께 돼지를 키워서 자라면 잡아먹자' 는 제안을 합니다. 아이들은 운동장 한편에 돼지우리를 만들어 'P짱' 이라는 이름까지 붙여 주며 정성껏 돼지를 돌보기 시작하죠. 점점 아이들은 P짱에게 가축으로가 아닌 애완으로의 애착을 갖게 됩니다.

졸업식이 다가오고 담임교사는 P짱을 어떻게 할 것인지를 두고 회의를 통해 결정하자고 합니다. 아이들의 의견은 '잡아먹자' 와 '잡아먹지 말자' 로 양분되지요. 무엇이 정답이라고 단언할 수 없는 가운데, 아이들은 진지하게 토론하며 생명에 대한 존엄성에 대해 배워갑니다.

요즘은 생의 마지막을 병원에서 보내는 사람들이 점점 늘어나고 있습니다. 더군다나 핵가족화가 심해지면서 마지막 순간을 곁에서 지켜보는 사람들의 수도 줄어들었고요. 그렇기에 더더욱 생명이 무엇인지, 삶과 죽음이 무엇인지를 두고 진지하게 고민해 봐야 하지 않을까요?

　오로지 죽음만을 생각하던 시절, 답을 찾기 위해 뒤척였던 몇 권의 책 속에 이런 글귀가 적혀 있었어요.

　'살고 싶어도 살지 못하는 생명도 있다. 그에 비하면 당신은 얼마나 축복받은 삶인가. 생명을 소중히 여기고 최선을 다해 살자!'

　틀린 말은 아니에요. 그러나 나는 이 글을 읽고 더욱 큰 절망감을 맛봐야 했습니다. 열심히 살고 싶어도, 최선을 다하고 싶어도 도저히 그럴 수가 없었으니까요. 하지만 지금은 이렇게 생각합니다.

　'모든 생명은 유한하다. 영원한 건 아무 것도 없다. 그러니 무리하지 않아도 괜찮다. 실패해도 괜찮다. 이 또한 언젠가 지나가리라.'

　모든 인생에는 끝이 있습니다. 지금 느끼는 절망감과 괴로움도 언젠가는 지나갈 테죠. 그때가 되면, 폭풍우가 지나간 고요한 바다처럼 마음이 편안해질 겁니다.

소장이
대장의 기능을
대신하다

인간은 누구나 살아갈 힘을 지니고 있다

사람은 본능적으로 '살고 싶다'는 욕구를 갖고 있습니다. 이를 알려준 건 다름 아닌 내 몸이었지요.

대장이 없는데도 살아갈 수 있는지 궁금한 분들을 위해 미리 밝혀두자면, 기본적으로 먹고 마시는 행위는 예전과 다르지 않답니다. 다만 한 가지 큰 차이점이 있어요. 바로 화장실을 가는 횟수죠.

대장의 역할이란 체내의 수분을 흡수하는 것입니다. 그런데 수분을 흡수해 줄 대장이 사라졌으니 자연히 회장실에 가는 횟수가 극단적으로 늘어날 수밖에요.

한번은 하루에 가는 화장실 횟수를 세어 보았더니 서른 번이 넘더라고요. 만성적인 설사 상태라고 보면 됩니다. 그러니 외출도 부담스럽고 집에 있어도 스트레스가 이만저만이 아니었죠. 평생토록 이런 상태로 지내야 한다고 생각하니 눈앞이 캄캄해지더군요.

그런데 수술 이후 반년이 지났을 무렵 몸에 한 가지 변화가 찾아왔습니다. 화장실 가는 횟수가 30회에서 10회로 단번에 줄어든 거예요.

'대관절 무슨 일이 생긴 걸까.'

알고 보니 소장이 대장의 기능을 대신해 체내의 수분을 흡수하기 시작했던 겁니다. 몸이 가진 '자연치유력'이 작동하기 시작한 셈이죠. 없어진 장기의 역할을 다른 장기가 대신해 부족한 기능을 보완해 주기 시작하다니, 내 몸이지만 실로 굉장했습니다. 그리고 깨달았지요. 인간은 누구나 살아갈 힘을 지니고 있음을 말이죠.

몸이 변하니 마음도 변하기 시작했습니다. 나는 지금껏 살아오면서 남들에게 잘못한 부분을 지적받거나 실수하는 것을 참을 수 없을 만큼 두려워하고 싫어했습니다.

'저 녀석은 좀 이상해. 우리랑 좀 달라'라고 여겨지는 게 무서워 한 발짝도 내딛지 못하고 제자리걸음만 하곤 했지요. 아무도 그런 말을 입 밖으로 꺼내진 않지만 모두가 나를 그렇게 생각하는 건 아닐까 두려워 굳이 안 해도 되는 일까지 무리하게 떠맡으며 살아왔습니다. 그런데 소장이 대장의 기능을 대신하게 되자 문득 이런 생각이 들더군요.

'모두와 다르면 좀 어때.'

'내 몸 안의 장기들처럼, 사람들은 모두 각자의 역할이 다 다르지만 서로 부족한 부분을 채워 주며 의지하고 살아간다. 내가 못하는 건 주변 사람들이 도와주리라. 나는 내가 잘하는 것으로 보답하면 된다.'

몸의 변화를 통해 세상의 이치를 깨달은 거예요.

단점조차도 쓸모가 있더라

인간은 장점도 있고 단점도 있어요. 무리하게 단점을 숨기거나 그 구멍을 메꿔 버리려고 하면 알게 모르게 스트레스가 쌓이고 부작용이 생기고 말지요. 그럴 땐 차라리 자신의 단점을 과감히 드러내 보이는 게 나아요. 내 단점은 누군가의 장점을 드러내 주거든요.

또한 단점이 있다는 건 누군가에게도 도움이 된다는 뜻이에요. '다른 사람에게 도움을 주고 싶다'는 인간의 본능적인 욕구를 충족시켜 주니까요.

앞서 말했듯이 나는 주변 사람들에게 되도록이면 도움을 요청하지 않고 살아왔어요. 도와 달라고 하는 건 폐를 끼치는 일이라 생각했거든요. 하지만 생각해 보세요. 우리는 인생을 살아가면서 좋든 싫든 이 세상에 폐를 끼치며 살아가잖아요. 숨 쉬는 공기며 맛있는 음식, 전기, 물 등등. 사람은 결코 누군가의, 무엇인가의 도움 없이는 살아갈 수 없는 존재이고 그렇기에 서로 의지하며 살아가는 거예요.

가끔은 이런 생각이 들어요. 대장을 들어낸 일은 '사람이란 서로 의지하고 단점을 보완하면서 살아가는 존재' 라는 교훈을 안겨주기 위해 신께서 내게 내려 주신 선물이 아닐까 하고요.

우울증이
생명을 지켜 주다

우울증, 감사합니다

우울증을 앓을 당시엔 몸도 머리도 마음대로 안 되는 게 싫고 또 싫어서 어떻게 하면 이 상황을 하루빨리 벗어날까 오로지 그 생각만 했습니다. 그렇게 5년을 보냈어요.

대장 적출 수술을 받고 난 뒤의 어느 날은 이런 생각이 들더군요.

'우울증 진단을 받았을 땐 이제 내 인생은 여기서 끝이라고 생각했지만 만일 그때 우울증을 겪지 않았다면 얼마 못 가서 과로로 쓰러졌으리라. 막중한 업무 스트레스를 견디며 야근을 밥 먹듯이 하던 생활의 연속이 아니었던가. 이미 그때부터 몸과 머리는 과부하가 걸리기 시작했던 것이다. 위기감을 느낀 몸과 마음이 우울증이라는 위험신호를 보냈기에 다행히도 거기서 멈추게 되었던 건 아닐까.'

우울증과 정반대인 조증躁症을 앓은 적도 있었죠. 그때도 우울증이 나를 구해 주었습니다.

　조증에 걸렸을 때는 병적으로 기분이 들뜨고 자신감이 넘쳤어요. 돈도 물 쓰듯 펑펑 써대서 매월 신용카드 청구액이 어마어마했지만 그런 건 안중에도 없었죠. 미친 듯이 카드를 긁는 자신을 도저히 제어할 수가 없었어요. 브레이크 없이 질주하는 자동차처럼 탐욕만 가득한 나날들이었죠.

　그러다 어느 순간, 미칠 듯이 불안해지더군요. 그리고 찾아온 우울증. 텅 빈 통장 잔고와 집 안에 제멋대로 나뒹구는 값비싼 물건들을 보니 가슴이 덜컥 내려앉았어요. 하루 종일 자신을 원망하고 또 원망했지요.

　그런데 어느 날 이런 생각이 들더라고요.

　'만일 조증이 계속되었다면 틀림없이 사채에까지 손을 댔으리라. 이자는 눈덩이처럼 불어나고 사채꾼들한테 시달리다 험한 꼴을 당했을지도 모른다. 얼마나 다행인가, 우울증 덕분에 다시 정신을 차리고 거기서 멈춰 버렸으니.'

　새삼 우울증이 날 구했다 싶더군요. 그러자 마음이 진정되면서 서서히 기력을 회복해 갔습니다. 사람도 만나고 싶어지고 책도 읽고 싶어지고 일도 하고 싶어졌어요. 심지어 오랫동안 복용해 온 수면제를 먹지 않아도 잠들 수 있게 되었죠.

우울증 약을 완전히 끊고 수개월이 지난 어느 날, 이런 생각이 들었어요.

'우울증은 참 괴롭고 힘든 병이지만 다시 우울증에 걸린다 해도 나쁘지 않다.'

그 순간, 나는 직감적으로 깨달았습니다. 이제야 비로소 우울증에서 완전히 해방되었음을.

그로부터 5년이 넘는 세월이 흘렀지만 그동안 약을 복용한 적도, 우울한 상태가 일주일 이상 지속된 적도 없습니다. 오히려 우울증을 앓기 전보다 하루하루 충만한 삶을 보내고 있지요.

우울증은 의지하며 살아가는 법을 알려 준다

우울증에 걸린 고객에게 자주 이런 얘길 들려 줍니다.

"이렇게 생각해 보세요. 우울증은 당신에게 무언가를 전하기 위한 메시지라고 말이에요. 그래서 일부러 당신에게 찾아온 것이라고요. 이대로 살아간다면 나중에 몸도 마음도 다 탈이 날 것만 같아 당신을 잠시 멈춰 세우고 인생을 재점검해 보라고 메시지를 보내고 있는 것인지도 모릅니다. 그렇다면 우울증에 걸린 것이 오히려 당신의 긴 인생에 도리어 플러스 요인이 되지 않을까요?"

우울증에 걸리면 남의 도움 없이는 살아가기가 힘들어집니다. 혼자서 씩씩하게 살아왔던 사람이라면 남에게 폐를 끼치는 짐이 되는 것만 같아 자괴감에 빠지기 쉽지요. 우울증이 무언가를 알려주기 위한 메시지라면 이렇게 생각해 보는 겁니다.

'지금까지 충분히 혼자 힘으로 열심히 살아왔다. 앞으로는 주변 사람들에게 조금은 의지하며 살아가도 괜찮다.'

'도움을 부탁한다면 주변 사람들은 분명 기쁜 마음으로 기꺼이 도와주리라.'

나이를 먹어 갈수록 우리는 누군가의 도움에 의지할 일들이 많아집니다. 우울증 덕분에 세상은 서로 의지하며 살아가는 것이라는 사실을 깨닫게 된 것이라 생각하세요. 나이를 먹고 누군가에게 도움을 요청하고 의지하는 게 힘들고 어려워지기 전에 말이에요.

나는 우울증을 겪은 뒤론 사람들에게 스스럼없이 도움을 구하게 되었습니다. "도와주세요" 하고 말하면 상대편도 몹시 기뻐한다는 사실도 알게 되었지요. 사람은 누군가에게 도움이 되고 싶은 마음을 가지고 있다는 사실도요.

당신도 큰맘 먹고 도움을 요청해 보세요. 처음이 어렵지 한두 번

해 보면 한결 쉬워집니다.

"도와주세요."

이 한 마디엔 참으로 신기한 힘이 있답니다.

이 한 마디엔 참으로 신기한 힘이 있답니다.

생명을 최우선으로 생각하는 사회

사와토 · 이 책은 '자살'이라는 무거운 테마를 다루고 있습니다. 일본에서 자살자는 2013년 현재까지 14년 연속 3만 명을 넘고 있지요.*

(출처 : 통계청 – 2012 사망원인통계)

가와다 · 1998년 이후로 이토록 많은 생명이 사라지고 있다니 진정 크나큰 문제가 아닐 수 없습니다. 이는 선진국과 비교해도 높은 수준입니다. 특히 우려가 되는 건 20~30대 젊은 세대의 자살이 늘고 있다는 사실입니다.

사와토 · 자살은 개개인의 문제가 아닌 우리 모두가 관심을 기울여야만 하는 사회문제로 접근해야 합니다.

---

* 한국은 OECD 국가 중 자살률 1위를 기록하고 있으며 2012년 한 해에 자살로 사망한 사람의 수는 14,160명이다. – 편집자주

가와다 • 전적으로 동감합니다. 현대 사회는 생명을 경시하고 경제적 이득을 우선시하는 풍조가 만연해 있습니다. 2006년에 자살대책기본법을 제정하는 등 국가 차원에서도 나서고 있지만 아직도 많이 부족한 실정입니다.＊ 저는 생명을 소중히 여기는 교육이 꼭 필요하다고 생각합니다. 제가 개최하는 각종 모임과 강연들도 '생명을 최우선으로 생각하는 사회 만들기'의 연장선상에 있지요. 작은 걸음이라도 꾸준히, 그리고 차근차근 걷다 보면 언젠가는 사회가 바뀌리라 기대합니다.

가와다 류헤이 川田龍平

1976년 도쿄 출생. 도쿄 경제대학 졸업. 혈우병 치료를 위해 투여 받은 수입 혈액으로 인해 에이즈 바이러스에 감염. 1993년 일본 정부를 상대로 소송 제기. 1996년 실질원고승소로 합의. 1998년에 독일 유학. 2007년 참의원 선거에 출마해 당선.

＊한국에서는 2012년에 '자살예방 및 생명존중문화 조성을 위한 법률'이 시행되어 자살 예방에 힘쓰고 있다. – 편집자주

제2장 그들은
어떻게 삶의 힘을
되찾았을까

삶이 힘들고 괴로운 건 나만이 아니었습니다.
수많은 사람들이 절망에 빠졌지만
그들은 나름대로의 방법으로
다시 삶의 힘을 되찾았지요.

거대한 꿈보다
소박한 꿈을

내 꿈은 '우주 운용 관제관'

오랫동안 이루고자 노력해 왔던 꿈이 영영 물거품이 되어 버리면 우울하고 괴로운 마음에 시달리는 건 당연지사입니다. 야마자키 씨도 그중 한 명이었죠.

그는 2010년에 우주왕복선에 탑승한 야마자키 나오코山崎直子의 남편입니다. 바쁜 아내를 위해 살림과 육아를 도맡아 했던 일은 꽤 유명한 얘기죠. 하지만 그가 어릴 적부터 국제우주정거장ISS의 운용 관제관을 꿈꿔온 사실을 아는 사람은 많지 않습니다. 항공우주학과를 전공한 뒤 우주 관련 회사에 들어가 국제우주정거장 내의 우주실험동 운용 준비에 참여한 사실도 말이죠.

같은 동료인 아내가 정식으로 우주비행사 자격을 취득했을 때, 그는 진심으로 축하해 주었습니다. 하지만 기쁨도 잠시, 아내는 눈코 뜰 새 없이 바빠졌습니다. 우주비행사가 되었다는 사실은 본인은 물론이거니와 가족으로서도 커다란 영광이었지만 그만큼 감내하고 희생해야 할 부분도 많았죠.

갓 태어난 아이를 돌보기도 힘에 부치는데 엎친 데 덮친 격으로 부모님 건강이 악화되어 간병까지 도맡아야 하는 상황. 그는 고민 끝에 오랜 꿈을 포기하고 회사에서 퇴직하기로 마음먹습니다.

훈련 때문에 해외로 떠난 아내, 부득이하게 이루어진 별거 생활, 남자 전업주부에 대한 주변의 곱지 않은 시선, 끝없이 밀려드는 고독감, 그리고 체력의 한계……

우주비행사인 아내의 존재에 늘 가려져 아무도 그의 노력을 인정해 주지 않았죠.

'나는 사회에서 뒤처진 낙오자다.'

그는 커다란 허탈감에 사로잡혔습니다.

오랫동안 간직해 온 '국제우주정거장의 운용 관제관'의 꿈이 사라져 버리자 지금까지 자신을 지탱해 오던 끈이 툭, 하고 끊어진 느낌이었습니다. 그는 일순간 모든 의욕을 상실해 버리고 말았지요. 밥맛도 없었어요. 주변 사람이 못 알아볼 만큼 체중이 급격히 빠지고 날마다 이불 위에서 빈둥거리는 폐인 같은 생활이 이어졌습니다.

이래선 안 되겠다 싶어 병원을 찾은 그는 우울증 진단을 받았습니다.

할 수 있는 만큼만

우여곡절 끝에 야마자키 씨는 우울증에서 벗어날 수 있었습니다. 어떻게 가능했을까요? 바로 '우주비행사의 가족'이라는 압박감을 털어 버렸기 때문이었죠.

지금껏 그는 '우주비행사의 남편' 역할을 충실히 수행해 왔습니다. 아내의 꿈을 위해 모든 지원과 희생을 아끼지 않는 삶이었죠. 그러나 아이러니하게도 아내의 꿈을 응원하면 응원할수록 자신의 꿈은 멀어져만 갔지요.

울적하고 허무했습니다. 심신은 이미 밑바닥까지 방전된 상태. 오랜 방황 끝에 그는 결국 새로운 마음가짐을 갖게 됩니다.

'몸과 마음을 혹사시켜 가며 애쓰지 말자.'

'무리하지 말고 내가 할 수 있는 만큼만 즐겁게 하자.'

그러자 거짓말처럼 어깨에 힘이 풀리고 스트레스도 줄어들었습니다. 조금씩 삶의 의욕이 솟아났지요. 그는 비로소 '우주'에서 벗어나 여러 가지 꿈을 바라보기 시작했어요. 오로지 우주만 바라던 인생이었지만 이제 자신이 사는 지구로 눈을 돌려 보았죠. 다이빙, 스키, 자동차, 오토바이, 음악, 비행기, 여행 등등, 지구에도 꿈은 무궁무진했어요.

이제 그는 거대한 꿈을 쫓기보다 가까이 있는 소박한 꿈을 꾸며 일상의 기쁨과 성취감을 느끼며 살고 있습니다. 그렇다고 우주에 대한 꿈을 포기한 건 아닙니다. 다만 꿈을 쥐고 있던 손의 힘을 조금 빼고 가벼운 마음으로 마주했을 뿐이죠.

야마자키 씨는 이렇게 말합니다.

"우울うつ과 우주うちゅう는 발음이 비슷하지만 의미도 연관성이 있습니다. 우울은 현재 놓인 상황에 얽매여 해결하지 못한 고민으로 괴로워하는 상태예요. 이른바 지구의 중력에 묶여 있는 이차원 세계와 같지요. 반면 우주는 무중력으로 자유로이 날아다닐 수 있는 세계입니다. 우리가 우주와 같은 눈으로 세상사를 볼 수 있다면 지상에서 일어나는 수많은 근심과 고민이 티끌보다 작은 것임을 깨달을 텐데……."

그러면서 우주의 시야를 갖기 위해 '무중력 체험'을 추천하더군요. 인간은 태어나서 평생 중력의 영향 아래 살아가지요. 그러나

중력에서 해방되어 자유로이 떠다니는 체험은 인생관이 송두리째 바뀔 만큼의 강렬한 인상을 안겨 준다는군요.

　무중력 체험은 일본 내 여러 시설에서 가능합니다.＊ 비용이 부담된다면 밤하늘을 올려다보거나 플라네타륨planetarium 별자리 조명으로 우주를 느껴보는 것도 괜찮은 방법입니다. 분명 시야가 넓어지고 마음이 편안해지는 계기가 될 겁니다.

＊ 한국에서는 국립과천과학관 등에서 체험 가능하다. – 역자주

낯선 공간에서
자신과 마주하다

바다 소리만 가득한 공간

앞서 말한 무중력 체험과도 이어지는 이야기지만 '낯선 공간을 체험하기'를 통해 삶의 의욕을 고취시키는 경우도 있습니다.

내게 상담을 받았던 20대 초반 여성의 이야기입니다. 한창 아름답고 눈부신 젊음을 만끽할 대학생 시절, 그녀는 좋아하던 이성에게 버림받은 스트레스로 과도한 다이어트에 몰입한 나머지 식이장애가 생기고 말았습니다.

자신의 몸이 추해서 견딜 수가 없었다고 합니다. 하루에도 끊임없이 '넌 이 지구상에서 가장 보기 흉한 몸매다', '넌 더욱 예뻐져야 한다'라는 환청에 시달렸지요. 그녀는 갈수록 위축되어 갔습니다. 어느 누구도 믿을 수 없었고 '인간은 모두 이기적이고 탐욕스러운 추한 존재'라며 마음의 문을 굳게 걸어 잠그고 말았습니다.

늘 누군가 자신을 손가락질하고 비난한다는 피해 의식이 점점 그녀를 옥죄어 왔지요.

숨 쉬는 것조차 힘겨운 긴장과 괴로움 속에서 그녀는 결단을 내려야만 했습니다. 이대로 더 살아가단 미쳐 버릴 것만 같았으니까요. 결국 고장 난 기계처럼 굳어진 머리를 간신히 돌려가며 비행기 티켓을 끊었습니다.

곧바로 아르바이트를 그만두고 비행기에 몸을 실었지요. 행선지는 오키나와 현에 위치한 미야코라는 조그만 섬. 이곳을 선택한 이유는 지극히 단순했습니다. 2월에도 따뜻하고 숙박료가 저렴하다는 이유에서였죠.

미야코 섬에 도착한 그녀는 배낭 여행자들이 자주 찾는 게스트하우스에서 스무 날가량을 머물렀어요. 오로지 좋아하는 일만 하면서 말이에요. 바다가 보이는 베란다에서 읽고 싶었던 책을 원 없이 읽기, 게스트하우스 직원 및 다른 여행객들과 맛있는 베이글 빵 만들기 등등.

기분이나 몸 상태가 별로인 날은 무리하지 않고 혼자 방에 틀어박혀 펑펑 울기도 했고요. 정말로 자유롭고 여유로운 나날이었습니다. 시간이 멈춘 듯했지요. 일체의 인공적인 소음은 사라지고 오직 파도 소리만 귓가에 메아리쳤습니다. 살랑거리는 바람을 통해 싱그러운 풀 내음이 코끝에 전해졌죠.

대자연 품에 안겨 스스로와 마주한 그녀는 한 가지 사실을 깨달았습니다. 그건 바로 '애써 활기차게 살아가지 않아도 괜찮다' 그리고 '불안과 더불어 살아가도 괜찮다' 였어요.

미야코 섬에서 보낸 시간 덕분에 그녀는 마음에 평온을 되찾았습니다. 죽고 싶다는 생각이나 사람들이 수군거리는 환청도 사라졌지요.

또 다른 여성은 도시에서 살다 아예 조그만 섬으로 보금자리를 옮긴 뒤 우울증에서 해방된 경우입니다. 남편이 오키나와 남단의 이시가키 섬으로 전근을 가게 되어 부득이하게 따라갔다가 주변에 펼쳐진 대자연의 긍정적인 에너지를 받아 마음을 추스르게 된 것이죠. 더욱이 같은 섬에 사는 주민들의 따뜻한 관심과 애정의 손길도 우울증 해방에 큰 도움이 되었다고 하더군요.

몽골을 체험하다

완전히 새로운 공간을 경험하는 데 해외여행만큼 좋은 방법이야 없겠지만 사정이 여의치 않은 분들을 위해 추천하고픈 곳이 있습

니다. 일본 도치기 현의 나스라는 마을에 위치한 '몽고 빌리지 텡게르モンゴリアビレッジテンゲル'라는 숙박 시설입니다. 나는 몇 년 전 이곳에 묵을 기회가 있었는데 그 뒤로 기분 전환을 위해 종종 찾곤 합니다.

이곳은 이름에서 알 수 있듯이, 일본에서 몽고의 주거 공간을 체험할 수 있는 공간입니다. 본디 텡게르tenger의 '게르'는 몽고 유목민이 지금도 이용하는 이동식 천막 주거지를 의미하지요. 광활한 풀밭을 가득 채운 수많은 원형 천막을 처음 봤을 때 나는 순간적으로 압도되고 말았습니다. 마치 몽고의 대초원 위에 서 있는 듯한 착각이 들었지요.

몽고 문양이 새겨진 천막을 열고 안으로 들어서니 몽고식 침대와 옷장, 책상, 의자 등이 놓인 아늑한 공간이 펼쳐졌습니다. 낯설지만 무척 편안하더군요. 게르가 둥글기 때문인지도 모릅니다. 인간이란 모나거나 각진 모양보다는 원만하게 둥그런 모양에 안심하는 경향이 있으니까요.

그러고 보니 풀밭 위에 세워진 게르의 모습들이 흡사 초원 위에서 손에 손을 잡고 둥글게 돌고 있는 사람들 같다는 생각도 드네요. 그래서 더욱 정답고 따뜻하게 느껴진 걸지도 모르겠어요.

　이곳에서는 몽고 전통 의상을 입어보거나 활쏘기를 체험해 볼 수도 있습니다. 더불어 몽고인 연주자가 몽고의 대표적인 악기인 '마두금馬頭琴'으로 아름다운 선율을 들려주지요.

　세상에 힘들고 지칠 때, 일상에서 탈피해 낯선 공간에서 색다른 경험을 해 보면 기분 전환뿐만 아니라 삶의 에너지를 얻는 소중한 기회가 됩니다. 몸이 따라주지 않는다면 억지로 떠날 필요는 없습니다. 여행이란 모름지기 든든한 체력이 뒷받침되어야 하는 법이니까요.

　몸을 움직이기도 힘든 상태라면 머리로 상상해 보는 건 어떨까요. 낯선 공간을 자유로이 돌아다니는 자신의 모습을 말이에요. 생각만으로도 마음이 설레지 않나요? 그 느낌을 부디 소중히 간직하세요. 언젠가 당신의 무거운 몸을 일으켜 줄 희망이 될 겁니다.

가출을
감행하다

피곤하면 쉬어야 한다

"삶이 힘들고 몸과 마음이 지쳐 버렸어요. 비눗방울이 퐁, 하고 터지듯 감쪽같이 사라져 버리고만 싶었습니다."

후지모토 씨는 지금으로부터 약 3년 전 일을 돌이켜 보았습니다. 예배당 오르간 연주자로서 서른일곱 살에 결혼에 골인, 다정한 남편과 동료들, 일과 가정 모두 행복하기 그지없는 생활이었습니다. 이대로 순탄한 삶이 이어지리라 믿어 의심치 않았지요.

그런데 피치 못할 사정으로 정든 마을을 떠나게 되었고 낯선 환경과 서툰 살림으로 스트레스가 쌓이기 시작했습니다. 설상가상으로 회사마저 도산해 하루아침에 실직자가 되자 스트레스는 극에 달했지요. 온몸이 하루 종일 축축 처지고 가사 일은 손 하나 까닥하기도 싫어졌습니다. 낮에는 침대에서 뒹굴거리며 잠만 자는 생

활이 이어졌지요. 자신이 점점 쓸모없는 인간으로 여겨지기 시작
했습니다.

세상이 자신을 자꾸 밀어내고 홀로 버려진 느낌이 들었어요. 주
체할 수 없는 분노에 사로잡혀 남편에게 격한 감정을 쏟아 내는 날
도 비일비재했지요. 세상이 원망스럽고, 추하게 변해 버린 자신이
싫어서 견딜 수 없었어요. 자기혐오의 늪에 빠져 허우적거리던 그
녀는 결국 정신과를 찾았고 우울증 진단을 받았습니다.

그러던 어느 날이었어요. 무심코 텔레비전을 틀었더니 왕실 가
족이 요양을 하러 간다는 뉴스가 흘러나오고 있더랍니다. 문득 이
런 생각이 들었습니다.

'요양이라……. 좋겠다, 나도 요양하러 가고 싶네.'

'내가 요즘 피곤한가 봐. 이런 생각을 다 하다니…….'

그전까지만 해도 한심한 상태에서 벗어나야 한다며 자신을 무리
하게 채찍질해 오다 이제야 비로소 몸의 소리에 귀를 기울이게 된
거예요. 그녀는 잊고 있었습니다. '피곤하면 쉬어야 한다' 는 지극
히 당연한 사실을요.

고맙게도 남편은 묵묵히 아내의 원망을 받아 주며 한결같은 모
습을 보여 주었습니다. 날마다 출퇴근할 때 "다녀오겠습니다", "다

녀왔습니다" 하고 인사를 건넸지요. 후지모토 씨는 조금씩 남편에게 마음을 열기 시작했고 함께 우울증 치료를 해 나가기로 결정했습니다. 약은 최후의 보루로 남겨 두고 자연 치료부터 시작해 나갔지요.

우울증이 생활 습관병이라는 의사의 말에 그녀는 안심이 되었습니다. 자신의 성격을 무리하게 바꿀 필요가 없어졌으니까요. 우선 식단을 현미 중심으로 바꾸었습니다. 마사지도 받으러 다녔지요.

지금까지는 마사지 받는 것이 자신의 형편에 사치라는 생각에 발걸음을 할 일이 없었지만 '우울증 치료의 일환'이라고 생각하니 한결 마음이 편해졌지요.

일시적인 마음의 피난처

여러 가지 치료법을 써 보았지만 후지모토 씨가 가장 효과를 본 건 다름 아닌 '가출'이었습니다.

한창 우울증을 앓을 당시엔 집안일을 제대로 하지 못하고 남편과의 소통이 제대로 안 된다는 점 때문에 스스로를 책망하며 자기 비하에 빠지는 악순환이었지요. 그러다 본격적으로 치료를 시작하던 어느 날 문득 이런 생각이 들었다는군요.

'집에 있으면서 집안일을 나 몰라라 할 수도 없고, 조금씩 손대다 보면 또다시 나 자신이 한심해지는 일의 연속이야. 차라리 이곳을 벗어나 호텔에 잠시 묵어 보면 어떨까.'

곧장 인터넷으로 검색해서 저렴하지만 시설이 깨끗한 호텔을 찾아냈습니다. 두 군데 호텔을 고른 후지모토 씨는 남편에게 미리 그 사실을 알리고 일주일간 집을 떠나게 되었습니다. 이른바 '예고된 가출' 인 셈이지요.

처음 며칠간은 온종일 쉬고 자기만 했습니다. 기운을 좀 차리고 나서는 공책에 두서없이 일기를 쓰기 시작했지요. 나중에는 밖에 나가 산책도 했고요. 큰맘 먹고 감행한 가출인 만큼 원 없이 여유롭고 한가한 시간을 즐겼더랬지요.

이렇게 호텔에 머무르는 동안 그녀의 마음에 변화가 찾아왔습니다. 일시적이나마 집안일을 하지 않아도 되는 환경에 놓이자 더 이상 자신을 책망하지 않게 된 거예요. 스스로를 긍정하게 되니 남편을 돌아볼 마음의 여유도 생겼습니다. 그동안 자신을 말없이 지켜 준 든든한 남편이 얼마나 고맙던지요.

일주일 동안의 가출은 '일시적인 마음의 피난처' 가 되어 주었습니다. 치료 효과는 그야말로 효과 만점이었죠. 후지모토 씨는 몰라

보게 밝고 건강해진 모습으로 집에 돌아왔습니다. 깊고 어두운 수렁에 빠져 있던 몸과 마음도 활기를 되찾았고 슈퍼에서 계산원 일을 시작하기도 했습니다.

그렇게 조금씩 살아갈 힘을 되찾아 2년 후에는 우울증에서 완전히 해방되었습니다. 물론 약은 한 알도 복용하지 않았고요. 지금은 나처럼 우울증 경험을 살려 상담사로 활약하는 중입니다.

사람들은 흔히 가족이 소중하다고 말합니다. 하지만 가족이라는 이유로 한없이 바라기만 하고 함부로 대하는 경우가 얼마나 많은지요. 이럴 땐 잠시 떨어져 각자의 시간을 가져 보면 어떨까요? 한동안 집을 비우고 호텔에서 머무른 후지모토 씨처럼 말이지요. 같은 공간에서 얼굴 보고 부대끼며 에너지를 소모하느니 일시적인 거리를 두고 서로 숨 쉴 구멍을 만들어 주는 겁니다.

일단 격한 감정이 가라앉으면 차분하고 이성적으로 자신과 가족을 바라보게 됩니다.

행동하지 않는
용기

위기의 샐러리맨

고치 현 시만토 시에 사는 사십 대 후반의 다무라 씨. 그는 일본 전역을 돌며 사람들에게 '누쿠모리 세라피ぬくもりセラピ'를 알리는 데 힘쓰는 전도사입니다. '누쿠모리 세라피'란 발바닥을 리듬감 있고 부드럽게 주물러 심신의 편안함을 촉진하는 방법이지요. 누구보다 열정적으로, 바쁘게 살아가는 그의 모습을 보면 과거에 두 번이나 중증 우울증을 앓았던 사람이라고는 도저히 상상하기 힘들 정도입니다.

첫 우울증은 그가 서른한 살 때 찾아왔습니다. 밤낮을 가리지 않고 영업에 몰두하던 샐러리맨 시절, 실적 압박에 대한 스트레스와 밥 먹듯이 이어지던 야근 탓에 심신이 지쳐갔지만 이를 악물고 버티는 수밖에는 도리가 없었지요. 더 이상 위험신호를 무시할 수 없는 지경에 이르러서야 그는 비로소 병원 문을 두드렸고 우울증과 공황장애 진단을 받았습니다.

세 살배기 아들과 갓 태어난 쌍둥이를 부양하는 가장으로서, 무능한 자신을 탓하며 무기력하게 보내는 세월이 일 년 이상 이어졌어요. 삶에 대한 모든 희망을 놓아 버린 그는 정원 나뭇가지에 줄을 매달아 목을 맸습니다. 그런데 나뭇가지가 무게를 지탱하지 못하고 부러지는 바람에 목숨을 건질 수 있었지요. 다행히 가족과 주변 사람들의 따뜻한 격려와 관심으로 마침내 우울증에서 벗어나게 되었습니다.

그러나 위기는 15년 후에 다시 찾아옵니다. 업무를 충실히 끝내고 나면 돌연 온몸에 힘이 쫙 빠지고 극도로 무기력해지는 이른바 '탈진 증후군'에 걸린 거예요. 결국 그는 집에서 한 발자국도 나가지 못하게 되었죠.

그렇게 집에서 뒹굴거리며 인터넷 홈페이지를 검색하던 중, 우연히 내 블로그를 알게 되었고 초기 글부터 하나하나 정독했습니다. 그중에 '행동하지 않는 용기'라는 글을 읽고는 눈이 번쩍 뜨였다고 하더군요.

〈행동하지 않는 용기〉

2009년 3월 17일

요즘 마음에 와 닿는 문구가 하나 있다.

'건강하고 싶다면 행동하지 않는 용기가 필요하다'

백번 공감한다.

그동안 다양한 행동을 통해 살아갈 힘을 얻어 왔다.

그러나 건강하지 않은데도 무리하게 행동하면 역효과만 날 뿐이었다.

몸을 움직이는 모든 행위는 에너지를 필요로 하는데, 그만한 에너지가 저장되어 있지 않다면 몸도 상하고 마음도 상하는 건 불을 보듯 뻔하지 않은가.

건강하지 않을 때 행동하지 않기는 결코 나약하고 무능한 짓이 아니다.

오히려 미래를 위해 에너지를 비축해 두는 일이다.

집에서 빈둥거리고 있으면 왠지 뒤처지고 있다는 생각에 불안해지기 마련이지만 걱정하지 말자.

당신은 지금 더 나은 미래를 위해 차근차근 힘을 비축해 두는 것이니.

자신의 몸 상태를 보아 가며 지금은 행동할 때인지 멈출 때인지를 판단하자.

참고로 나는 오늘 아침부터 컨디션이 좋지 않았다.

그래서 출근은 했지만 오랫동안 빈둥거렸다.

업무 속도는 느려졌지만 크게 걱정하진 않았다.

일시적으론 문제가 될지 몰라도 멀리 본다면 더욱 일을 열심히 하기 위함이기에.

이 글에 설득된 덕분인지 다무라 씨는 당분간 휴식을 취하며 몸과 마음을 추스르기로 결정했습니다. 전화상으로 나와 상담도 받았지요. 그로부터 2년이 흐른 지금, 그는 우울증이 걸렸던 사람이 맞나 싶을 만큼 누구보다 활기차게 살고 있습니다.

영업일로 발바닥에 땀나게 뛰어다니던 예전처럼 바쁜 건 비슷하지만 더 이상 앞만 바라보며 질주하지는 않습니다. 이제 휴식의 중요성을 절감하고 있지요. 일할 때는 누구보다 열심히 하지만, 일이 끝나면 머릿속에서 일에 대한 모든 것을 지워 버리고 온전히 휴식을 위한 시간을 갖는다고 합니다.

특히 자연과 함께 호흡하는 삶의 소중함을 깨닫게 되었지요. 예전에는 강박적으로 타인의 목소리에 귀를 기울였지만 지금은 자연 속에서 자신의 몸과 마음이 보내는 목소리에 귀를 기울입니다. 세상과 소통하기 위해서는 무엇보다 자신과 소통해야 함을 깨달았기 때문이지요.

농사를 지으며 살아 있음을 느끼다

우울증 개선을 위한 농사 체험 프로그램

이 책을 쓰기 위해 우울증에서 해방된 분들을 만나 소중한 조언을 많이 들었습니다. 인상적이었던 사실은 예상외로 '농사짓기'를 통해 삶의 에너지를 얻었다는 목소리가 많았다는 점입니다. 아마도 그 배경에는 우울증 환자의 치유와 사회복귀를 지원하는 단체인 리바LIVA의 존재가 크지 않을까 싶습니다.

이곳에서는 사이타마 현에 위치한 이루마 시 등 관동 지방의 농가와 제휴해 농사짓기를 교육 과정의 하나로 도입하고 있습니다. 일주일에 한두 번, 농사 체험 프로그램을 여는데 매회 열 명 남짓한 인원이 참가하지요. 이토 대표에 의하면 농사 체험 프로그램은 만족도가 무척 높아 반복해서 참가를 신청하는 경우가 많다고 하더군요.

"대자연 속에 있으니 모든 근심 걱정이 사소하게 느껴지고 마음이 한결 편안해집니다."

"작물은 정직합니다. 정성을 쏟는 만큼 보답을 하지요."

"바람 부는 소리, 곤충이 우는 소리를 들으며 밭에서 땀방울을 흘리며 일하다 보면 어느새 머릿속 고뇌가 싹 사라집니다."

처음에는 시큰둥하던 사람도 점차 농사일에 매료되어 순수한 노동의 가치를 재발견한다고 합니다.

Y라는 청년이 리바의 문을 두드렸을 때, 이토 대표는 로봇처럼 무표정한 그의 얼굴을 보고 심각한 우울증임을 직감했습니다. 하지만 농사 체험 프로젝트에 참가한 이후 그가 보인 변화는 실로 놀라운 것이었죠.

처음엔 지극히 단순한 작업인 잡초 뽑기부터 시작했습니다. 이것만으로도 Y는 작은 성취감을 느낄 수 있었죠. 느리지만 꾸준히 자라나고 풍요로워지는 밭을 바라보며 자신의 마음도 풍요롭고 뿌듯해지는 기분이었어요.

Y는 농사일이 즐거웠지만 결코 무리하진 않았습니다. 자신의 페이스에 맞추어 적절히 휴식을 취하며 일의 속도를 조절해 나갔지

요. 덕분에 피로감은 최소한으로 줄이고 긍정적인 동기부여를 이어나갈 수 있었죠. 그가 사회에 복귀했을 때 농사 체험은 업무량 분배와 페이스 조절에 상당한 도움이 되었습니다.

본격적으로 농사짓기에 뛰어들다

농사 체험 프로젝트를 계기로 아예 삶의 터전을 시골로 옮겨 버린 이십 대 청년도 있습니다.

야부키 씨는 어릴 적부터 사람과 사귀는 일에 자신이 없고 서툴렀습니다. 어디에서든 무리에 끼지 못하는 외톨이 신세를 면치 못했고 끝내 등교를 거부할 지경에까지 이르렀지요.

매사에 무기력해지고 삶의 의욕을 완전히 상실해 버렸을 무렵, 비슷한 고민을 가진 사람들의 모임을 알게 되었습니다. 덕분에 조금씩 자신을 표현할 수 있게 되었죠. 그러다 모임에서 기획한 이벤트로 돗토리 현의 니치난 마을을 방문하게 됩니다. 당시 그의 나이 열아홉.

니치난 마을은 나도 강연 차 가본 적이 있습니다. 산이 마을 면적의 대부분을 차지하는, 그야말로 대자연에 둘러싸인 산골 마을이지요. 젊은이들은 모두 도시로 나가버리고 팔십 대 노인이 농사를 짓는 광경을 심심치 않게 목격할 수 있습니다.

야부키 씨는 성치 않은 다리를 힘들게 끌면서 벼농사를 짓고 있던 팔십 세 노인을 보고 적잖이 충격을 받았습니다.

'이들에게 도움이 되고 싶다. 최소한 나에겐 건강한 몸이 있지 않은가.'

야부키 씨는 그 자리에서 마음을 굳혔습니다. 니치난 마을에서 농사일을 하며 살아보자고.

처음엔 마을 사람들 모두 수상쩍은 눈길을 보냈다고 합니다. 그도 그럴 것이 살가운 구석이라곤 약에 쓰려도 없고 연고도 없는 젊은이가 제 발로 촌구석에 들어와 다짜고짜 농사를 짓겠다고 하니 이상할 수밖에요.

하지만 그는 개의치 않았어요. 묵묵히 수로를 막은 잎사귀들을 치우고 힘쓰는 일이라면 자신의 일이 아니더라도 앞장서서 도왔지요. 서서히 주변의 시선이 달라졌어요. 야부키 씨는 단번에 니치난 마을의 으뜸가는 일꾼이 되었습니다.

존재 가치를 인정받으면서 그는 드디어 자신이 있어야 할 장소를 찾았다는 생각이 들었습니다. 덩달아 의욕도 한층 솟구쳤고요. 그는 본격적으로 벼농사를 짓는 방법을 배우기 시작했습니다. 조금씩 자라나는 벼들을 바라보며 더없는 보람과 기쁨을 느꼈지요.

그가 농사에 뛰어들면서 달라진 점이 하나 있습니다. '피곤하면 잔다' 라는, 어찌 보면 지극히 당연한 생활 습관을 되찾은 것입니다.

니치난 마을에 오기 전까진 온종일 집에 틀어박혀 밤낮이 뒤바뀐 생활을 보냈습니다. 그러다가 농사일을 계기로 '해가 지면 일어나고 해가 저물면 잠드는' 자연의 이치에 따르게 되었지요.

아침에 눈을 뜨면 벼들을 살펴보고 사무소에 돌아와 발송 작업을 하는 규칙적인 생활을 하며 건강도 되찾았습니다. 낮에는 햇빛을 쬐어 주어야 한다는 단순하지만 소중한 진리를 다시 한 번 실감했지요.

아는 사람 하나 없는 시골에서 농사를 짓는다는 게 말처럼 쉬운 일은 아닙니다. 그러나 타인과의 소통이 서툴고 자신을 쓸모없는 인간이라 여겼던 야부키 씨에겐 존재를 인정받고 능력을 발휘하는 최고의 장소였지요.

3년이 지난 뒤 니치난 마을에서 오랜만에 그를 다시 만났습니다. 여전히 에너지가 넘치고 눈빛이 반짝이더군요. 그가 남긴 말이 참으로 인상적이었습니다.

"세상에 버림받고 더 이상 살 이유가 없다고 생각했습니다. 그

러다 무심코 한 발짝 밖으로 나갔는데 수많은 사람들이 손을 내밀
어 주는 겁니다. 세상은 이렇게 넓은데 전 그동안 우물 안 개구리
였던 거죠. 괴로울 땐 이게 끝이라고 생각했지만 결코 끝이 아니
었습니다."

아르바이트로
자신감을 얻다

담당 의사의 매정한 말

자신과는 평생 인연이 없으리라 여겼던 아르바이트를 통해 우울증이 회복된 경우도 있습니다. 바로 53세 스나다 씨의 이야기입니다.

카메라맨이었던 그는 41세 때 다니던 회사가 도산하고 말았습니다. 낙담할 새도 없이 그는 회사 자산을 정리하는 업무를 맡게 되었죠. 날마다 야근이 이어지는 힘든 나날이었습니다. 하지만 과중한 업무와 피로보다 괴로웠던 건 연체된 월급이나 자금 결제 등에 대해 날선 비판을 쏟아 내는 회사 동료들과 거래처 사람들을 대면하는 일이었습니다. 부득이하게 회사의 입장을 전해야 했던 스나다 씨로서는 그들의 따가운 시선과 험악한 독설을 고스란히 받아들여야만 했지요.

하루하루가 살얼음판을 걷는 기분이었습니다. 하지만 무작정 버티는 것 외엔 별다른 방도가 없었죠. 결국 심신이 한계점에 도달했다고 느낀 뒤에야 병원을 찾았습니다. 진단 결과는 과로에 의한 우울증.

그러고 보니 넥타이는 언제 맸는지, 머리는 언제 손질했는지 기억조차 희미했습니다. 머릿속이 안개가 낀 것처럼 멍하고 흐릿한 느낌이었죠. 빨리 낫고 싶다는 조급한 마음에 처음부터 약 처방을 고집했습니다. 시간이 지날수록 복용하는 약은 늘어만 갔지만 증세는 도리어 심해질 뿐이었죠. 더욱이 부작용까지 생기고 말았어요.

덜컥 겁이 났습니다. 이러다 더 나빠지는 건 아닌지 두려웠지요. 혹시 의사의 실력이 부족한 건 아닌가 의심마저 들었습니다. 결국 그는 큰 대학 병원으로 옮기기로 합니다. 왜 좀 더 일찍 큰 병원으로 가지 않았는지 후회하면서 말이에요. 하지만 그게 화근이 될 줄이야 그 누가 알았을까요.

대학 병원의 담당 의사가 그에게 내뱉은 첫 마디는 "당신은 우울증이 아니니 지금 당장 일해라"였습니다. 스나다 씨는 어안이 벙벙해졌습니다.

'그럼 이제껏 우울증 치료를 위해 노력해 온 시간들은 대체 무엇

이었단 말인가.'

진단을 받으러 갈 때마다 그는 의사에게 면박만 당하고 내쫓기듯 나오기 일쑤였지요. 심지어 꾀병을 부리는 건 아니냐며 기막힌 핀잔까지 들었다고 합니다. 병원으로 가는 발걸음은 무거워졌고 덩달아 삶에 대한 의욕도 한없이 바닥으로 곤두박질쳤습니다.

참다못한 그는 병원을 바꾸기로 결심하고 담당 의사에게 소개장을 부탁합니다. 조심스레 봉투를 열어 내용을 읽어 본 그는 자신의 눈을 의심해야만 했지요.

'거짓말을 밥 먹듯이 한다. 배우자의 재산을 빼돌려 아파트를 구입할 만큼 탐욕스럽다' 등등 도저히 의사가 썼다고는 보기 힘든 악의에 가득 찬 비방이 가득했습니다. 스나다 씨는 씻을 수 없는 상처를 받았고 회복 의지도 상실하고 말았습니다.

그렇게 3년 동안 집 안에서 폐인처럼 지냈죠. 그러다 삶의 전환점이 찾아온 것은 우울증 진단을 받은 지 4년이 지난 뒤였습니다. 키우던 강아지가 아파 동물 병원에 데리고 갔는데 수의사가 오히려 그를 보며 이렇게 말하더란 겁니다.

"몹시 위태로워 보이는군요. 약을 많이 먹고 있습니까?"

깜짝 놀라 아무 대꾸도 하지 못하는 그에게 수의사는 따끔하게 못을 박았습니다.

"지금 독하게 끊지 않으면 죽을 때까지 약에 의지해 살아야 합니다."

느닷없이 뒤통수를 한 대 맞은 느낌이었지요. 평생을 이렇게 살아간다고 생각하니 눈앞이 캄캄해졌어요. 약 없이 버틸 수 있을지 불안했지만 스나다 씨는 2주간의 고민 끝에 과감히 약을 끊기로 마음먹었습니다.

처음 2주간은 격렬한 두통에 시달렸다고 합니다. 그러나 두 달 후부터는 변화가 찾아왔지요. 머릿속의 희뿌연 안개가 걷히고 맑아지는 느낌이 들었다는군요. 표정도 조금씩 돌아왔고요.

어느 정도 기력을 회복하자 그는 약에 의존하지 않는 대체 요법을 시도하기 시작했습니다. 그 인연으로 만난 어느 치료사는 본인도 우울증을 경험했던 터라 스나다 씨의 마음을 누구보다 잘 이해해 주었지요. 실로 오랜만에 느끼는 편안하고 든든한 기분이었습니다.

일을 해서 돈을 벌다

굳은 의지로 약을 끊은 스나다 씨는 우선 체력 회복에 주력했습니다. 처음엔 가벼운 산책부터 시작했지요. 몸이 건강해지자 일하고 싶은 의욕도 생겼어요. 그러던 와중에 우연히 전단지 하나가 눈에 띄었습니다. 사원 기숙사를 청소하는 아르바이트생을 찾는 광고였죠.

'가볍게 한번 시작해 볼까. 아르바이트니까 체력적인 부담도 적을 테고……'

평생을 카메라맨으로 살아온 그가 청소 아르바이트를 하리라곤 꿈에도 생각지 못했을 테죠. 하지만 그는 주저 없이 전화기를 들었습니다. 그만큼 간절했어요. 다시 일하고 싶다는 마음이 말이죠.

하루 4시간에 시급 800엔(한화 약 8,800원). 얼핏 보잘것없어 보이지만 그는 지금까지도 아르바이트 첫날의 기억을 잊을 수가 없습니다. 신입 사원이 사회에 첫발을 내딛듯 설레고 긴장되던 기분이었죠.

청소 아르바이트는 생각보다 그와 잘 맞았습니다. 아직까지는 타인과의 소통이 버거웠기에 불필요한 인간관계에 신경 쓰지 않아도 된다는 점이 무엇보다 좋았습니다. 게다가 낮에 체력을 소진한 덕분에 저녁에 돌아오면 숙면을 취할 수 있게 되었죠.

'일을 해서 돈을 번다'는 사실은 스나다 씨에게 커다란 자신감을 안겨주었습니다. 한 달간 일해 받는 급료는 직장인이던 당시와 비교하면 결코 넉넉한 수준은 아니었지만 그건 그리 중요하지 않았어요. 무엇보다 사회에 나가 다시 시작해 보자는 희망을 얻은 점이 가장 큰 수확이었죠.

1년간의 아르바이트를 통해 그는 몸도 마음도 건강을 되찾았습니다. 그리고 1년 뒤에는 우울증에서도 해방되었어요.

현재 스나다 씨는 아내와 함께 우울증 가족 모임인 '미나토' 대표로 활동 중입니다. 우울증에 걸린 사람과 가족들을 위한 모임을 열고 대체 치료사들의 강연회 등을 개최하지요.

스나다 씨는 이들에게 우울증을 겪으면서도 희망의 끈을 놓지 않고 치유에 힘써왔던 자신의 경험을 들려줍니다. 힘들고 괴로울 때 동지애를 느끼게 해줬던 대체 치료사처럼 이번에는 그가 우울증으로 힘들어 하는 사람들의 동지가 되어 주고 있지요.

우울증에 걸리면 자신이 쓸모없고 무가치한 존재라는 생각에 살아갈 의욕을 잃기 마련입니다. 스나다 씨도 예외가 아니었지요. 그러나 일을 통해 이런 마음에서 벗어나 삶의 힘을 되찾았습니다.

분명 몸과 마음이 지치고 힘들 때 일을 하라는 건 가혹한 요구일지도 모릅니다. 무리할 필요는 없습니다. 아르바이트라도 좋으니 심신에 부담이 가지 않는 선에서 조금씩 시작해 보면 어떨까요?
세상과 당신을 이어주는 작지만 소중한 끈이 되어 줄 것입니다.

공적 지원 제도로 어려운 경제 상황을 개선하다

수첩과 연금

우울증에 걸린 사람들은 인간관계와 일 처리가 어려워지면서 휴직을 신청하거나 아예 사표를 쓰는 경우가 적지 않습니다. 그로 인해 경제적으로 어려운 처지에 놓이며 더욱 벼랑 끝으로 내몰리는 악순환이 이어지고 말지요. 돈이란 자본주의 세상을 살아가는 데 참으로 절실한 문제니까요.

40대 여성 O는 10년 남짓 우울증을 앓아 왔습니다. 한 마을에서 태어나고 자라 왔지만 사소한 오해에서 비롯된 이웃 간 갈등의 골이 점점 깊어지고 말았지요. 결국 그녀는 집 밖으로 한 발자국도 나오지 못하게 되었습니다. 스트레스가 심해지고 체력이 저하된 나머지 1년간 입원하기도 했어요.

이곳에서 지내는 한 상황은 호전되지 않으리라 여긴 그녀는 친한 부부가 사는 마을로 이사하기로 결정합니다. 부푼 희망으로 삶의 터전을 옮겼지만 현실은 녹록지 않았어요. 막상 와보니 직장도 잡기 힘들고 생활비 부담만 커져 갔지요. 혼자 낯선 마을에서 적응하기도 쉽지 않았고요. 친한 부부가 있다 해도 날마다 그녀를 옆에서 챙겨 주긴 힘든 노릇. O는 점차 고독감에 빠져들었습니다.

그러던 어느 날, 예전에 우울증 강연회에서 듣던 내용 하나가 그녀의 뇌리를 스쳤습니다. 우울증 환자에 대한 국가의 복지 제도를 적극적으로 이용하라는 조언이었지요. 좀처럼 발걸음이 떨어지지 않았지만 용기를 내어 시에서 운영하는 시설에 도움을 요청했습니다. O의 이야기를 들은 직원은 구체적인 프로그램을 상세히 알려 주었지요.

O는 직원의 조언에 따라 우선 멘탈서포트 센터로 향했습니다. 그곳엔 전문 치료사와 직원이 적게는 세 명, 많게는 열 명 정도의 이용자를 지원하고 있었습니다.*

자신과 비슷한 고민을 가진 사람들과 이야기를 나눈 덕분에 그녀는 마음이 제법 가벼워졌지요. 복지시설을 경험한 사람들을 통해 유용한 정보도 많이 들었어요. 수첩과 연금이라는 게 있다는 것

---

* 한국에서는 자살 및 우울증과 같이 정신건강 상담이 필요한 누구나 이용할 수 있는 보건복지부 콜센터를 129를 24시간 운영 중이다. 상담자의 위급 정도에 따라 112, 119를 통한 출동 요청이나 광역 및 지역 정신보건센터와 연계할 수 있다. – 편집자주

도요.

수첩이란 '정신 장애자 보건복지 수첩' 을 말합니다. 증상에 따라 1급에서 3급까지 나뉘고 수첩을 취득하면 취득세나 공공요금 면제 등의 우대를 받게 됩니다. O는 그날로 신청해 얼마 뒤 2급을 취득했습니다.

연금이란 '장애 기초연금' 을 말합니다. 1급에서 3급에 따라 연간 얼마간의 경제적 지원을 해주는 제도입니다. 예를 들어 2급 독신자라면 연간 약 79만 엔(한화 약 870만 원)을 지원받을 수 있지요. O도 시설 직원의 도움으로 필요한 서류를 모아 신청했더니 우울증 진단을 받았던 지난 기간도 포함되어 계좌에 약 350만 엔(한화 약 3,900만 원)이 입금되었습니다. 어려운 경제 상황에서 그야말로 숨통이 확 트이는 기분이었지요.

그 이후 취직 지원 시설을 통해 '장애자 고용전형' 으로 취직이 가능하다는 사실을 알게 되었습니다. 회사가 처음부터 정신장애자라고 인지한 상태에서 채용하므로 자신이 우울증이라는 사실을 숨길 필요가 없었어요.

O는 장애자 고용전형으로 어느 대학의 사무직원으로 채용되었습니다. 2년이 지난 지금, 그녀는 여전히 대학에서 일하는 중입니

다. 매달 월급은 10만 엔(한화 약 110만 원) 수준으로 풍족한 편은
아니지만 스스로 일을 하고 돈을 번다는 성취감에 큰 보람을 느낀
다고 합니다.

친한 사람들에게 도움을 요청해 보자

O는 참으로 행운아입니다. 내가 우울증으로 힘들어 할 때는 수
첩이니 연금이니 하는 건 하나도 몰랐거든요.

그렇다고 해서 전혀 도움을 받지 못한 건 아닙니다. '자립지원
의료비 제도'라는 제도 덕분에 의약비를 포함한 의료비 자기부담
이 30퍼센트에서 10퍼센트로 줄었으니까요. 이를테면 3,000엔을
지불해야 하는데 이 제도를 통해 1,000엔만 지불하면 되는 셈이죠.

앞서 밝힌 바대로, 나는 우울증뿐만 아니라 그 반대격인 조증도
앓았던 경험이 있습니다. 물 쓰듯이 돈을 펑펑 써댔죠. 도저히 스
스로도 제어가 안 될 정도였습니다. 값비싼 명품에 외제차, 신축
아파트를 단번에 결제하고 한 달간 세계 여행을 떠나기도 했어요.

그렇게 얼마나 지냈을까요. 정신을 차려 보니 매달 카드 값이 100
만 엔을 넘었고 통장은 바닥난 상태였지요. 조금만 더 그 상태가 지
속되었다면 무슨 일이 생겼을지…… 생각만으로도 아찔합니다.

아무에게 말도 못한 채 벙어리 냉가슴만 앓는 나날이 지속되었죠. 결국 벼랑 끝에 내몰리고 나서야 부모님께 사실을 털어놓았습니다. 무척 놀라는 눈치셨지만 모질게 탓하지는 않으셨습니다. 심지어 부족한 금액까지 대신 갚아 주셨지요.

금전적으로 힘들 때 부모나 친한 사람들에게 과감히 털어놓아 보세요. 여의치 않으면 복지 단체에 상담을 해 봐도 좋아요. 돈이란 사람을 참 궁색하게 만들지만, 혼자서 끙끙 앓는 게 해답은 아닙니다. 당신 편이 되어 함께 고민해 줄 사람이 분명히 있을 겁니다.

실패해도 괜찮다

사와토 • 요즘은 사회가 과도한 경쟁에 휩쓸려 '실패하면 끝이다'라는 풍조가 만연합니다. 어릴 때부터 좋은 대학에 가려고 경쟁하고, 대학에 들어가면 좋은 직장에 가려고 경쟁하고, 직장에 들어가서는 출세하려고 경쟁하고……. 그야말로 경쟁하다가 저물어 버리는 인생이지요. 한 번 노선에서 벗어나면 이는 곧 패배를 의미합니다. 더 이상 회복하기도 힘들고요. 비단 일본에 국한되지 않는 국제적인 현상이겠지만 갈수록 살기가 참 힘들어지는 것 같습니다.

가와다 • 우리는 지금 마이너스로 인생을 채점하려 듭니다. 하나라도 틀리면 가차 없이 점수를 깎아 버리는 삶이란 얼마나 비정하고 팍팍한가요. 사소한 실수도 용납하기 힘들죠. 좋은 점을 플러스로 채점하는 가점 방식이라면 훨씬 부드럽고 여유 있는 사회가 될 텐데 말이에요.

사와토 · '실패해도 괜찮다'에서 한발 더 나아가 '안심하고 마음 껏 실패할 수 있는' 사회가 되었으면 좋겠습니다.

가와다 · 동감합니다. 실패해도 다시 일어날 수 있고 다시 도전할 수 있다는 믿음이 지금 우리에게 무엇보다 필요한 게 아닌가 생각 합니다.

제3장 살고 싶도록
만드는
마음가짐이란…

'더 이상 살아 봤자 희망이 없다.
나는 무엇을 위해 사는가.'
하루에도 수십 번 스스로에게 묻고 또 물었습니다.
'나는 진정으로 삶을 놓아 버리고 싶은가.'
'인간은 무엇을 위해 사는가.'

'죽고 싶다' 와
'살고 싶다' 는
동전의 양면

나는 정말로 죽고 싶은가

'더 이상 살아 봤자 희망이 없다.'

'모든 걸 싹 바꾸고 싶다.'

'앞으로도 지금과 다름없다면 차라리 죽는 게 낫다.'

우울증으로 힘들 때 매일같이 생각하던 것들입니다. 그로부터 5년의 시간이 흐른 지금, 이제는 날마다 이 같은 이야기를 들어주는 입장이 되었습니다. 참으로 인생이란 모를 일입니다.

상담을 할 때 나의 첫 마디는 다음과 같습니다.

"그토록 괴로우신데 용기를 내 전화해 주셔서 감사합니다."

일면식도 없는 내게, 자신의 속내를 털어놓는다는 게 얼마나 커다란 용기가 필요한 일이겠습니까.

그러곤 이렇게 덧붙이지요.

"죽고 싶다고 하시지만 곰곰이 생각해 보세요. 정확히 말하면 지금 사는 게 괴로운 게 아닌가요?"

"맞습니다. 너무 힘듭니다. 사는 게 너무도 괴로워서 견딜 수가 없어요."

상대는 그러면서 속으로 꾹꾹 눌러 왔던 응어리를 털어놓습니다.

그렇습니다. '죽고 싶다'가 아니라 '살아가는 게 괴롭다'입니다.

지금처럼 괴롭지 않고 행복하게 살고 싶은 거예요. 하지만 도무지 그럴 희망이 보이지 않으니 마음이 지옥처럼 괴로운 겁니다. 그래서 죽고 싶다고 말합니다. 사는 게 괴로우니까요. 사는 게 행복하면 죽을 생각을 안 합니다. 그러니 '죽고 싶다'가 아니라 '살고 싶다'가 맞지요.

이처럼 '죽고 싶다'와 '살고 싶다'는 동전의 양면입니다. 날마다 죽음을 생각했던 때를 돌이켜 보면, 나도 '죽고 싶다'가 아니라 '지금이 너무 괴로우니 차라리 죽는 게 낫다'는 마음이었습니다. 그건 다시 말하면 '행복하게 살고 싶다'는 뜻이지요. 하루하루 블랙홀처럼 깊은 수렁에 빠져 허우적대던 삶에서 벗어나 마음이 편해지고 싶었던 거예요.

　더 이상 살아봤자 희망이 없다고, 고통뿐인 삶을 사느니 차라리 여기서 끝내는 게 낫다고 생각했기에 아파트 꼭대기에 올라갔습니다. 죽고 싶다는 마음보다 이 괴로운 삶에서 벗어나고 싶다는 마음이었어요. 만일 언젠가 모든 괴로움이 지나가고 행복해질 것이라고 생각했다면 결코 뛰어내리지 않았을 겁니다.

사람이 가진 다섯 가지 욕구

사람은 누구나 네 가지 욕구를 가지고 있습니다.

1. 사랑받고 싶은 욕구

2. 인정받고 싶은 욕구

3. 칭찬받고 싶은 욕구

4. 도움을 주고 싶은 욕구

　사람은 이 네 가지 욕구를 충족시키기 위해 살아가고 있다고 해도 과언이 아닙니다. 여기에 나는 한 가지를 더하고 싶습니다. 바로 '살고 싶은 욕구' 입니다.

누구나 살고 싶은 욕구를 가지고 있습니다. 이는 거의 본능에 가까워요. 사람은 언젠간 죽습니다. 이 사실을 뻔히 알면서도, 우리는 살고 싶기 때문에 죽지 않고 하루하루 최선을 다하며 살아갑니다. 죽고 싶다는 생각을 하는 사람도 살고 싶은 마음을 본능적으로 가지고 있습니다. 그러니 다시 살아갈 수 있는 거예요.

죽음을 생각한다는 건, 누구보다도 삶과 정면으로 마주하고 고민한다는 반증입니다. 어떻게든 살고 싶은 겁니다. 편하게, 행복하게요. 그런데 그게 마음대로 안 되니 괴로운 거예요.

그토록 살아가는 것에 치열하게 고민하고 있기에, 조금이라도 희망이 보인다면 그 누구보다 편안하고 행복하게 살아갈 수 있는 것입니다.

무엇을 위해
사는가

여백이 있는 삶

우울증으로 힘들 때 무심코 이런 말을 스스로에게 던져 보았습니다.

'왜 사는 걸까.'

'무엇을 위해 사는 걸까.'

'왜 태어났을까.'

안 그래도 우울증을 앓은 뒤로 두뇌 회전이 예전 같지 않은데 화두처럼 이 질문을 안고 끙끙거렸지요. 인터넷으로도 검색해 보고 책도 찾아봤지만 대답을 찾기는커녕 머릿속은 점점 더 뒤죽박죽이 되어 갔습니다. 그러다 마침내 조그만 빛을 찾아냈지요. 대장 적출 수술을 하기 3일 전 병원에서요.

중증 우울증에 한동안 약을 끊어야 한다는 데서 오는 극심한 스트레스 상태. 더군다나 아무 것도 먹지 못하고 링거로 간신히 영양만 보충하는 생활이 이어졌습니다. 의욕은 땅에 떨어졌고 그저 빨리 이 시간이 후딱 지나갔으면 싶었지요. 지루하고 우울하고 짜증이 나서 견딜 수가 없었습니다. 하루는 또 왜 이리 길던지요. 생각하다 시간 때우기로 일기를 쓰기 시작했습니다. 그 당시 일기엔 이렇게 적혀 있더군요.

모른다고 할 수 있는 건 대단한 용기가 필요한 일이다.
그러나 생각해보면 의사조차 모르는 지식이 많다.
오늘 라디오에서 이런 말을 들었다.
'우리는 무엇에든 대답을 해야 한다고 강요받은 세대다. 그러나 왜 모든 걸 알아야만 하는가? 모르는 걸 즐겨라. 그럼 인생이 바뀌리라.'
그렇다. 세상은 우리가 모르는 것투성이다. 그렇기 때문에 사람들은 서로 도와가며 살아가는 게 아닐까.

라디오 진행자가 무심결에 했던 이 말이 당시엔 퍽 인상적이었나 봅니다. '몰라도 괜찮다' 라고 다독이는 것 같아 마음이 편안해지더군요.

입원해서 라디오를 듣게 된 것도 새로운 발견이었지요. 평소에는 라디오를 거의 듣지 않았거든요. 또 다른 날 일기엔 이런 글이 있었습니다.

라디오가 주는 교훈은 이것이다. 세상의 모든 것을 알려고 하는 건 불가능하다. 하지만 모든 걸 알지 못해도 충분히 세상을 즐길 수 있다.

텔레비전은 친절합니다. 시청자가 행여나 이해하지 못할까 어마어마한 양의 정보를 끊임없이 제공해 주지요. 어느새 시청자는 텔레비전이 모든 것을 설명하고 대답해 주는 데 익숙해집니다. 반면 라디오는 어떤가요? 귀로만 듣기 때문에 전달되는 정보가 상대적으로 적지요. 청취자들은 라디오를 들으면서 모르는 부분에 대해 오감을 활짝 열고 자유로이 상상의 나래를 펼칩니다. 결국 여백이 있는 삶이야말로 우리를 더욱 풍요롭게 해주는 게 아닐까요.

93세 할아버지가 들려준 말

"선생님, 사람은 대체 무엇을 위해 사는 걸까요?"
상담사가 되고 나서 이런 질문을 많이 받습니다. 이에 대한 대답을 찾기 위해 수많은 강연과 모임에도 참석했었죠.

그러다 드디어 대답을 발견했습니다. 내 처조부, 그러니까 장인어른의 부친을 통해서였지요. 1919년에 태어나신 그분은 현재 95세입니다. 나이를 말하면 모두 스스로 걸을 힘도 없는 병약한 노인을 떠올리지만 현재 대학에서 영어를 가르치고 계실 만큼 정정하십니다.

95세의 나이에도 스스로 식사, 세탁, 장보기를 다 하세요. 자식이나 손자의 도움을 빌리는 일은 드물지요. 무슨 질문을 해도 정확하게 대답해 줄 만큼 박학다식한 분이세요.

어느 날 큰맘 먹고 이렇게 여쭈어 보았지요.

"어르신, 사람은 대체 무엇을 위해 사는 걸까요?"

그분은 이내 빙그레 웃으며 대답하시더군요.

"모르겠다. 그것만은 나도 모르겠구나."

참 신기한 일이지요. 드디어 해답을 얻은 기분이었습니다.

'100여 년 가까운 세월을 살아오신 분도 모른다고 말씀하신다. 이 세상엔 아무리 오랜 시간이 걸려도 모르는 게 있기 마련이다.'

'심장은 왜 움직이는가?'라는 질문에 정확히 대답할 수 있는 사람이 얼마나 될까요? 모른다고 스스로를 자책하거나 괴로워한다면 이 또한 얼마나 어리석은 일인지요. 몰라도 인생을 충분히 즐겁게 살아갈 수 있는데 말이에요.

　모르면 좀 어때요. 지금 이 순간 서로 부족한 부분을 채워 가며 의지하고 살아가는 것만으로도 우리가 살아갈 이유는 충분합니다.

우울증은 강력한 생명의 에너지

'우울 만연 사회'를 '우울 원만 사회'로

우리 사회는 우울증으로 고민하는 사람의 수가 점점 늘어나는 추세입니다. 그야말로 '우울 만연 사회'라 할 수 있지요. 불행하게도 양육강식의 극심한 경쟁이 계속되는 한, 앞으로 그 숫자는 더욱 늘어나리라 봅니다.

우울증 환자가 증가하고 있음에도 사회에서는 여전히 우울증이라고 하면 색안경을 끼고 바라보기 일쑤입니다. 그렇다면 우리 사회는 우울증을 줄이기 위해 노력해야 할까요? 나는 생각이 좀 다릅니다. 오히려 우울증을 솔직하게 받아들이는 '우울 원만 사회'가 되어야 한다고 봐요.

'우울 원만 사회'란 우울증의 괴로움을 모두가 수용하는 사회입니다. 더불어 과거에 우울증으로 고민했던 사람이 현재 그것으로 고통 받는 사람에게 힘이 되어주는 사회지요. 그렇게 되면, 사람들의 유대감이 한층 깊어지는 사회가 될 겁니다. 우울증을 솔직하게 받아들이는 사회가 된다면, 우울증으로 고민하는 사람도 이를 극복할 가능성이 높아집니다.

요즘 세상에 '우울증에 걸렸다' 하면 살기가 참 힘들죠. 앞으로는 우울증 환자를 배척하는 게 아니라 더불어 살아가는 쪽으로 바뀌어야 합니다. 이들이 활약할 기회도 늘려야 하고요.

우울증에 걸린 사람도 그렇지 않은 사람도 서로 의지하면서 더불어 살아가는 사회, 그것이 바로 우울 원만 사회입니다. 부디 이런 사회가 꼭 왔으면 좋겠습니다.

우울증은 사람의 마음을 풍요롭게 해 준다

보통 '우울증'이라고 하면 부정적인 이미지를 갖기 마련입니다. 괴롭고 울적하고 나른해지고 모든 일에 의욕이 없어지고……. 우울증 하면 떠오르는 전형적인 모습들이죠. 하지만 정말 그럴까요?

세상을 살면서 울적함, 근심, 걱정, 나른함, 무기력함 등의 감정을 전혀 느끼지 않는 사람이 있을까요? 만일 그런 사람이 있다면 겉으로 애써 표현하지 않거나 혹은 내면의 우울함을 능숙하게 조절하는 사람일 것입니다.

나 역시 우울증에서 해방되고 5년 이상이 흘렀지만 종종 우울한 마음에 사로잡히곤 합니다. 일이 잘 풀리지 않으면 짜증이 나고 기분이 울적하고 어쩔 땐 이유 없이 의욕이 생기지 않아 멍하니 시간을 보내기도 하고요.

그렇다고 이 상황에서 빨리 벗어나고자 조급해하진 않습니다. 그냥 '뭐, 이런 날도 있지' 하며 스스로를 토닥이고 우울한 감정과 잘 지내려 하지요. 특별히 자기 관리 능력이 뛰어나서 그런 게 아니에요. 우울할 때가 있기에 자신답게 살아갈 수 있다는 사실을 몸소 체험했기 때문이지요.

작가 이츠키 히로유키와 정신과 의사 가야마 리카의 대담집 〈우울의 힘 5つの力〉을 보면 작가가 우울에 대해 '에너지와 생명력이 부글부글 끓어오르지만 출구가 막혀 있어 내면에서 발효하는 것'이라고 정의하는 대목이 나옵니다. 이를 거꾸로 생각하면 발효된 우울이 출구를 발견하면 살아가기 위한 강력한 에너지가 된다는 뜻이 아닐까요?

우울증의 고통은 마주하는 것만으로도 무척이나 힘듭니다. 그러나 역설적이게도 우울증의 고통을 마주하면 그만큼 마음이 풍요로 워집니다. 실제로 우울증에 걸린 사람들 중에는 감수성이 풍부한 경우가 많습니다. 그러다 이 시기를 극복하면 예전보다 한층 더 마음이 단단해지고 따뜻해지지요.

　나는 '우울증을 고친다' 는 표현을 그다지 좋아하지 않습니다. 우울증은 고치는 게 아니에요. 사이좋게 지내는 것이죠. 우울증은 우리가 살아가기 위한 강력한 에너지니까요. 우울증으로 괴로워하고 있다면 벗어나려고 무리하게 발버둥치지 마세요. '이왕 이리 됐으니 사이좋게 한번 잘 지내 보자' 하며 손을 내밀어 보는 거예요. 발효를 마치고 눈부신 빛을 내뿜을 출구를 찾을 때까지 말입니다.

병을 얻어서
좋았던 점

대장을 들어내고 좋았던 점

일전에 처음 만난 육십 대 여성과 이야기를 나눴을 때의 일입니다. 도중에 건강에 대한 이야기가 나오자 나는 스스럼없이 이렇게 얘기했습니다.

"사실은 제 몸에 대장이 없습니다."

"……네?"

대장을 들어낸 경위와 그럼에도 먹고 마시는 것에는 별다른 문제가 없다고 설명했지만 여성분의 얼굴은 급속도로 어두워졌습니다. 그리고 이내 동정 어린 눈길로 바라보더군요. 아마도 속으로 이런 생각을 했을 테죠.

'아직 창창한 나이에 장기를 들어내다니 불쌍하기도 하지.'

하도 이런 반응을 많이 겪어서 이제는 아무렇지도 않지만 그분들이 상상하는 만큼 대장이 없다고 불행하진 않습니다. 그저 화장실에 가는 횟수가 남들보다 잦아 다소 귀찮을 뿐이죠. 오히려 대장이 없어서 좋은 점도 있답니다.

대장을 들어내고 얼마 뒤, 한 오십 대 여성을 만난 적이 있습니다. 대장을 들어냈다고 말하자 그녀는 감탄하듯 말하더군요.

"그럼 앞으로 평생 대장암 걸릴 일은 없겠네요! 부러워요."

대장이 없다는 게 부럽다니……. 뜻밖의 반응에 깜짝 놀랐지만 기분은 좋더군요.

'그래, 대장이 없어졌으니 난 암에 걸릴 확률이 줄어든 셈이다.'

대장이 없어서 생긴 장점은 이것만이 아니에요. 화장실 가는 횟수가 많으니 업무 중에도 조용히 생각을 가다듬을 기회가 많아졌어요. 예전보다 제 건강을 더욱 돌보게 되었고요.

세상사 모든 게 다 마음먹기 나름이랍니다.

우울증에 걸려 좋았던 열 가지
앞서 만난 오십 대 여성에게 내가 우울증에 걸렸다고 털어놓았다면 아마 이런 반응을 보이지 않았을까요?

"그럼 누군가의 아픔을 이해할 수 있겠네요! 부러워요."

"우울증으로 괴로워한 만큼 이때의 경험을 살려 나중에 누군가를 도와줄 때가 오겠군요. 참 잘됐네요."

이처럼 똑같은 일에 대해서 어떻게 생각하는지에 따라 남은 인생의 방향이 크게 달라집니다.

고객 중에 5년간 우울증을 앓고 있는 사십 대 남성분으로부터 얼마 전 '우울증에 걸려 좋았던 열 가지'라는 메일을 받았습니다.

⟨우울증에 걸려 좋았던 열 가지⟩

1. 타인에게 전보다 더 상냥히 대하게 되었다.

2. 병원이나 모임에서 만난 동지들, 상담사, 의료진 등 우울증에 걸리지 않았다면 만나지 못할 소중한 인연이 생겼다.

3. 자신의 나약한 부분을 주위 사람들에게 솔직하게 털어놓게 되었다.

4. 가족이나 친구들에게 도움을 요청하게 되었고 그들과의 관계가 더욱 돈독해졌다.

5. 소소한 일상에서 행복을 느끼게 되었다.

6. 더 이상 타인과 끊임없이 비교하며 위축되지 않게 되었다.

7. 일에만 매달리지 않고 가족과 보다 많은 시간을 보내게 되었다.

8. 자식들에게 함부로 화내지 않게 되었다.

9. 사람과의 인연을 소중히 여기게 되었다.

10. 매순간 살아 있음에 감사하게 되었다.

우울증에 걸리면 세상을 탓하고 현재의 모습에 절망하기 마련인
데도, 그는 오히려 우울증을 자신에게 보내는 인생의 메시지로 받
아들이고 있었습니다. 이 글을 읽고 나는 확신할 수 있었습니다.
그가 우울증에서 해방될 날이 머지않았음을.

후회 없는
삶을 위해

후회와 마주하는 법

상담을 하다 보면 고민을 털어놓는 사람들은 공통적으로 한 가지 감정을 갖고 있음을 깨닫게 됩니다. 바로 후회입니다.

'그때 다른 선택을 했으면 좋았을 걸…….'

'그랬다면 지금 이 지경이 되지 않았을 텐데…….'

과거는 돌이킬 수 없음을 알면서도 후회는 여전히 스스로의 발목을 잡고 늘어집니다. 나도 그랬어요. 아파트 꼭대기에서 뛰어내리기 전까지, 몇 달 동안 머릿속은 온갖 후회로 가득했습니다.

'왜 그때 이혼을 해 버렸을까.'

'처음부터 아내와 그렇게 싸우지 말았어야 했는데…….'

'억지로 직장에 나가지만 않았어도 여기까지 오지 않았을 것을…….'

고객들도 이런 하소연을 자주 합니다.

"이직하지 말고 원래 다니던 회사에 남았으면 이렇게 힘들지 않았을 거예요."

"그때 그냥 눈 딱 감고 결혼했으면 여태껏 혼자 외롭게 살지 않았을 텐데 말예요."

우리의 인생은 선택의 연속입니다. 선택의 결과물이 쌓여 인생이 완성되어 가는 것이죠. 그런데 우리는 늘 후회합니다. '그때 A를 선택하지 말고 B를 선택했다면 지금 더 좋았을 텐데……' 하고요.

과거로 돌아가 B를 선택했다고 칩시다. 지금 힘든 일은 겪지 않을지도 모릅니다. 그런데 그때 왜 A를 선택했을까요? B를 선택하자니 무언가 마음에 걸리는 일이 있었기 때문이에요. 혹시 아나요? B를 선택했다면 지금보다 훨씬 더 고통스러운 일이 생겼을지도요.

A를 선택한 건 단지 B의 상황에서 도망치기 위해서였다고 스스로를 탓하는 사람이 있을지도 모릅니다. 하지만 앞서 말했듯 이미 돌이킬 수 없는 일을 탓해 봤자 뭐 합니까. 지나간 선택을 가지고 스스로를 자책하고 괴롭히는 것만큼 어리석은 일도 없습니다. 이

렇게 생각하세요. '나는 그때 최선의 선택을 했다' 라고요.

A를 선택해서 좋았던 일도 분명히 있습니다. 지금 너무 힘든 나머지 보이지 않을 뿐이죠. B를 선택했다면 지금까지 살아오면서 만난 소중한 인연과 경험은 결코 얻지 못했을 테니까요.

되돌릴 수 없을지라도

그럼에도 여전히 후회하는 사람이 있다면 이렇게 생각해 보세요.

사람은 과거로 돌아갈 수 없습니다. 인생을 바꾸지도 못합니다. 하지만 과거보다 더욱 행복한 인생을 보낼 수는 있습니다. 과거로 돌아갔다면 도저히 도달하지 못했을 곳으로 나아갈 수 있습니다.

A의 길을 선택해서 인생을 걸어온 사람이 B의 길로 되돌아가는 건 불가능합니다. 그러나 C의 길로 나아갈 수는 있습니다. C는 B를 선택했다면 결코 도달하지 못했을 길이죠. C라는 길은 B를 선택하고 걸어왔을 인생보다 밝게 빛날 것입니다. 수많은 고민 끝에 C에 다다랐기 때문이지요.

고민은 시간이 흐르면서 발효되고, 살아가는 데 강력한 에너지로 변해갑니다. 다만 아직까지 그 출구가 보이지 않을 뿐이에요. 고민하던 시간은 결코 헛되지 않아요. 길게 보면 굉장히 유익한 시간입니다. 얼마나 많은 시간이 필요할지는 모르지만 분명 그렇게 생각할 날이 옵니다.

나는 C의 길을 걸으면서 예전보다 행복한 인생을 살아가고 있습니다. 그렇다고 후회가 완전히 사라진 건 아닙니다. 여전히 마음 한구석에는 선택하지 않았던 B의 길에 대한 미련이 존재합니다. 하지만 더 이상 괴로워하진 않습니다. 분명한 건 A를 선택했든 B를 선택했든 양쪽 인생에 좋은 것도, 나쁜 것도 있으리라는 사실입니다. 선택하지 못한 것에 대한 아쉬움은 남지만 지금의 삶을 인정하고 앞으로 나아가려 합니다. 이제껏 선택하고 경험해 온 것들로 인해 지금의 내가 존재하니까요.

수많은 선택의 축적물이 바로 나의 인생인 것입니다.

약 이외의
약

희망의 약

고객과의 첫 만남에서 종종 이런 질문을 건넵니다.

"지금 상황이 어떻게 변했으면 좋겠나요?"

대개는 "우울증이 걸리기 전으로 돌아가고 싶습니다"라든가, "마음이 편안해지고 싶습니다"라고 얘기하는데 의외로 이런 대답도 제법 많습니다.

"더 이상 약을 먹지 않아도 잘 지내고 싶습니다."

이것은 무얼 의미할까요? 많은 우울증 환자들이 다수의 약을 장기간 복용한다는 것, 그리고 이들 중 대다수가 약을 끊고는 싶지만 좀처럼 그러지 못해 힘들어 한다는 것이죠.

나도 우울증에 걸렸을 땐 많게는 하루에 열 종류의 약을 먹곤 했습니다. 항우울제, 항불안제, 수면제, 부작용 억제제 등등. 상태가 호전되지 않으면 불안해져서 의사에게 약을 더 많이 처방해 달라고, 혹은 더 센 약을 달라고 부탁하는 경우도 비일비재했지요. 그러면서도 동시에 이런 불안감이 엄습했습니다.

'이렇게 약을 잔뜩 먹는데도 전혀 나아질 기미가 보이지 않는다. 평생 이렇게 살아야 하는 건 아닐까?'

약에 의존하고픈 기분과 그에 대한 두려움이 하루에도 수십 번 교차했습니다.

약의 효과는 사람마다 제각각입니다. 과감히 약을 끊어버린 계기로 우울증에서 해방된 사람이 있는가 하면 오히려 부작용만 심해져 고통이 가중된 사람도 있습니다. 하지만 무엇보다도 본인이 약에 대해 어떻게 생각하는지가 중요합니다. 내키지도 않는데 억지로 먹는다면 도리어 스트레스만 쌓여서 증상이 악화되기도 하니까요.

참기 힘들 만큼 괴로우면 약의 힘을 빌려도 좋다고 생각합니다. 내가 중증 우울증으로 자살 충동을 느끼던 때, 수면제를 먹어도 잘 수 있는 시간은 많아야 두 시간을 넘지 못했습니다. 하지만 그것만으로도 해방구가 되어 주었어요. '수면제를 먹는데 두 시간밖에 못 잔다'가 아니라 '수면제를 먹으면 최소한 두 시간은 잘 수 있다'고 생각했으니까요. 1분 1초가 지옥이었던 내게 수면제가 그나마 고통에서 벗어나게 해 줄 희망의 약이었습니다.

대장을 모조리 들어내는 수술을 한 뒤에도 죽고 싶다는 유혹에 시달렸어요. 그때도 마음을 다소나마 진정시켜 준 것은 항우울제였습니다. 우울증을 앓으면서 갖가지 항우울제를 복용했는데 개중에는 효과가 의심스러운 약도 있었지만 4년 뒤에는 극도의 나른함을 완화시켜 주는 고마운 약을 만나게 되었습니다.

그 이후부터는 죽고 싶다는 생각이 들 때마다 그 약이 나를 지켜 주었습니다. 효과가 있다는 걸 알고 있기에 지금의 괴로움에서 나아질 수 있다는 희망을 가질 수 있었거든요.

이처럼 때때론 약의 존재가 희망을 가져다 주기도 합니다.

사람이 약이다

그렇다고 오로지 약에만 의존하는 건 곤란합니다. 약만으로 우울증을 완전히 치유하기란 불가능하니까요. 약은 일시적으로 증상을 완화시켜 주거나 기분을 고조시켜 주지만 근본적으로 원인을 해결하지는 못해요. 그러니 우울증은 몸과 마음이 스스로에게 보내는 메시지라고 받아들이고 잘 사귀어 가는 게 중요합니다.

'약 이외의 약'을 찾아보는 것도 효과적이에요. 그중 하나가 '인제人薬'입니다. 정신과 전문의 사이토 타마키 씨는 이것을 '사람을 통해 얻어지는 약'이라 정의합니다. 그러니 담당 의사와의 신뢰도 중요한 '인제'가 되는 셈이죠.

앞서 스나다 씨의 예처럼, 담당 의사와 신뢰를 쌓을 수 없으면 증상은 더욱 악화될 따름입니다. 병원을 바꾼다는 게 생각보다 쉬운 일은 아니겠지만 무엇이 우선순위인지 생각해 보면 결론은 명확해집니다.

의사를 만나기 전에 묻고 싶은 사항을 적어 두고 얼마나 잘 설명해 주는지 확인해 보세요. 여전히 이해가 가지 않는다면 자신과 맞지 않는 의사일지 모르니 병원을 바꾸는 것도 고려해 보기 바랍니다.

쓸모없는
인간은 없다

경험담을 들려주는 것만으로도 도움이 된다

삶을 놓아 버리고 싶은 사람 중에는 자신이 아무짝에도 쓸모없는 존재이므로 살 가치가 없다고 여기는 경우가 많습니다. 앞서 말했듯이 누군가에게 도움이 되고 싶은 건 사람의 본능적인 욕구니까요.

나는 현재 매월 2회씩 '카페 아리가톤ありがトン'이라는 다과회를 열고 있습니다. 회마다 4~8명이 참가하고 있지요. 우울증 환자, 우울증 환자를 곁에서 돕는 사람, 지역단체 상담사 등등 우울증에 관련된 다양한 사람들이 모여 진솔한 이야기를 나눕니다.

일전에 30대 남성 A가 모임에 참가했습니다. IT 회사에서 10년 가까이 일해 온 그는 엄격한 마감과 끝없이 이어지는 야근 등 심신의 피로가 겹쳐 우울증 진단을 받았습니다. 결국 고민 끝에 회사에

휴직원을 제출하고 집에서 지내던 중, 이 상황을 타개할 계기가 될
까 싶어 혹시나 하는 마음에 카페에 참가하게 되었지요.

간단한 자기소개 후, 옆에 앉은 20대 남성 B가 먼저 자신의 이야
기를 그에게 들려주었습니다.

"여자 친구가 우울증을 앓고 있습니다. 영업부에서 일하고 있는
데, 실적에 대한 압박감과 피로 때문에 힘들어 하고 있지요. 조금
쉬었으면 좋겠는데 완벽주의를 추구하는 성격 탓에 여전히 무리하
며 밤늦게까지 일하고 있습니다. 일이 잘 안 풀리면 끝없이 자신을
책망하지요. 말수도 갈수록 줄어들고 얼굴에 그늘이 가득한데 제
가 대체 어떻게 도와줘야 할지를 모르겠습니다."

A는 가만히 B의 이야기에 귀를 기울이며 가끔씩 고개를 크게 끄
덕였습니다. B가 다른 참가자와 이야기를 나누는 사이에 나는 A에
게 다가가 넌지시 물었습니다.

"B의 이야기를 어떻게 들으셨나요?"

"저도 실은 우울증으로 휴직 중입니다. B의 여자 친구와 제 성격
도 똑 닮았어요. 조금의 실수도 용납하지 못하는 완벽주의자죠. 하
지만 언제부턴가 몸도 마음도 굳어서 실수가 잦아지고 능률은 떨
어지고……. 스스로도 한심했지만 무엇보다 주변 사람들의 시선이

두려웠습니다."

어느새 다가온 B는 열심히 메모를 하면서 A의 이야기를 듣고 있더군요. 그리고 이런 질문을 던졌습니다.

"그럼 주변 사람들이 어떻게 대해 주었으면 좋겠습니까?"

"……우선은 제가 얼마나 힘들게 버티고 있는지를 조금은 알아 주었으면 합니다. 그리고 평소와 다름없이 말을 걸어 주었으면 좋겠고요. 우울증에 걸렸다는 사실을 주변 사람들이 알고부터는 말을 거는 횟수가 부쩍 줄어들었어요. 그게 참 괴롭더군요. 외롭기도 하고요. 예전과 다름없이 편하게 대해 주었으면 좋겠어요."

"그렇군요. 실은 저도 여자 친구가 우울증에 걸렸다고 생각하니 어떻게 대해야 할지 몰라 말을 거는 횟수가 줄어든 것 같아요. 그게 오히려 그녀를 힘들게 했을지도 모르겠군요. 감사합니다. 큰 도움이 되었습니다."

모임이 끝나고 나서 참가자 전원에게 감상을 들어 보았습니다. A의 차례가 되었지요.

"저는 오늘 이 자리에 유익한 조언을 들을 수 있을까 싶어 참가했습니다. 그런데 저와 비슷한 고민을 안고 계신 분들이 있다는 것만으로도 마음이 편안해졌습니다. 그리고 제 이야기를 들려준 것만으로 큰 도움을 받았다는 분이 계셔서 무척 기뻤습니다. 이런 저도 남들에게 도움이 될 수 있구나 하고 새롭게 깨달을 수 있는 자리였습니다."

마음의 고민을 안고 있는 사람에게 필요한 세 가지

마음의 고민을 안고 있는 사람에게 필요한 것은 크게 세 가지가 있습니다.

1. 편하게 있을 수 있는 장소

2. 내 모습을 있는 그대로 받아들여 줄 사람

3. 누군가에게 도움이 된다는 생각

A는 모임에서 자신도 누군가에게 도움이 되는 존재임을 깨달았습니다. 모임에서 그는 무척이나 편안하게 있을 수 있었죠. 그리고 자신을 있는 그대로 받아들여 주는 사람들도 만났고요.

만일 모임에 나가기가 어렵다면 지금의 경험담이나 고민을 인터넷 블로그에 올려 보는 것도 한 가지 방법입니다. 다른 사람들에게 공개되는 것이 싫다면 비공개로 하거나 공책에 적어도 됩니다. 언

젠가 자신의 이야기가 분명 다른 사람들에게는 힘이 되어줄 것입
니다.

　사람은 누구나 타인에게 도움을 줄 수 있습니다. 마음의 고민을
안고 있다면 더더욱요. 자신의 이야기를 들려주는 것만으로도 비
슷한 고민거리를 가진 사람들에게 도움이 되니까요. 더불어 자신
도 누군가의 도움이 된다는 사실을 깨닫게 되니 그야말로 일석이
조가 아닐까요.

지금 가진 것에 감사하기

살다 보면 때론 좋은 일이 생긴다

30대 여성 고객의 사연을 소개할까 합니다.

내성적이고 소심한 그녀는 아주 어릴 때부터 인간관계로 고민해 왔습니다. 사람들 앞에서 말하는 건 무척이나 서툴고 힘들었지요. 학교에서도 사회에서도 사람들과 지내야 하는 게 어렵기만 했고 점점 스스로 벽을 만들고 외톨이가 되어갔습니다. 차라리 세상에서 없어져 버렸으면 좋겠다고 생각하는 일도 많았어요.

그녀가 나와의 상담을 마친 후에 보내준 메시지 하나를 소개하고자 합니다. 삶을 놓아 버리고 싶은 사람에게 소중한 교훈을 전해 주고 있습니다.

20대에는 오로지 바꾸고 싶다는 마음뿐이었습니다. 하지만 정작 어떻게 해야 할지 몰라 이러지도, 저러지도 못하고 방황하는 나날이었지요.

그러다 30대가 되니까 자포자기 심정이 들면서 바뀌고 싶다는 목표마저 잃고 말았습니다.

그런데 참 신기한 일이지요. 포기를 하니까 그동안 기를 쓰고 발버둥치며 살아온 고통에서 해방되었다는 느낌에 마음이 가벼워지더군요.

그 이후로 지금껏 편안하게 지내고 있습니다.

목표에 얽매이지 않고 지금 가진 것에 감사하는 것.

가족이 있음에 감사하고 몸이 건강함에 감사하는 것.

지금은 그것만으로 충분합니다.

선선한 바람이 불어오면 마음 깊이 행복해집니다.

오늘은 지극히 평범한 일을 하면서 평화로운 시간을 보냈습니다.

살다 보면 이처럼 좋은 일이 생깁니다.

저는 지금 행복합니다.

그녀는 20년 이상 자신의 모습을 바꾸고 싶다고 생각해 왔습니다. 그런데 그 바람을 포기한 덕분에 비로소 새로운 인생이 보이기 시작한 겁니다.

'목표에 얽매이지 않고 지금 가진 것에 감사하기'

나는 이 구절이 특히 마음에 와 닿았습니다.

괴로울 때 솟아나는 감사하는 마음

회사에서 일할 당시에는 타인에게 감사하는 마음이 조금도 없었습니다. 오히려 내가 회사를 위해 얼마나 노력하고 있는지 남들이 알아주길 바랐지요. 전철을 타고 돌아갈 수 있는데도 괜히 막차 시간을 넘겨 회사에 당당히 택시 영수증을 청구하는 건 예사였습니다.

이혼한 전처에 대해서도 마찬가지입니다. 얼마나 내가 괴롭고 힘든지 알아주길 바랐고 날 위해 식사를 준비하고 밤늦게까지 자지 않고 기다려 주는 것에 대한 감사의 마음은 손톱만큼도 없었지요.

사람들은 이렇게 말합니다. 내 자신이 힘들고 괴로운데 누군가에게 감사하는 마음을 가질 여유 따윈 없다고. 틀린 말은 아닙니다. 나도 삶이 한없이 나락으로 곤두박질치던 시절에 이런 말을 들었다면 공감했을 겁니다. 그런데 대장 적출 수술을 하기 위해 입원할 당시에 썼던 일기를 보고 놀랐습니다. 곳곳에 감사한다는 문장이 제법 눈에 띄더군요.

며칠 동안 아무 것도 먹지 못하고 링거로 연명해야 하다니 괴롭고 힘들다. 하지만 어쩌겠는가. 삶이란 이런 괴로움을 겪으며 살아가는 것을. 이 때도 지나가리라. 그리고 다시 밥을 먹게 된다면 그 어느 때 먹었던 밥보다 꿀맛이겠지. 그리고 하루하루 감사하면서 밥을 먹게 되리라.

선배 가족이 문병을 왔다. 선물로 가져온 꽃이 무척 예쁘다. 고운 꽃향기가 병실에 가득하다. 그러고 보니 많은 분들이 문병을 와 주었구나. 참으로 감사할 따름이다.

이토록 괴로울 거였다면 차라리 그때 확 죽어 버렸으면 좋았을 걸, 하는 생각이 들 때도 있다. 하지만 이렇게 살아 있는 덕분에 아파트에서 뛰어내린 뒤로 여러 일을 경험하지 않았는가. 살아나서 다행이다. 이제 더 이상 스스로 죽을 생각은 하지 않는다. 여전히 열심히 살겠다는 의욕은 들지 않지만 그래도 죽겠다는 생각은 더 이상 하지 않는다.

당시엔 삶이 너무 힘들고 괴로워서 어딘가로 사라지고 싶은 기분이었습니다. 하지만 한편으로 살아 있음에 감사하고 있었지요. 어쩌면 그때가 인생의 새로운 전환점이 되었을지도 모릅니다.
감사와 괴로움, 감사와 우울증의 관계를 방정식처럼 정리하기는 불가능합니다. 하지만 내 경우를 돌이켜보면 감사하는 마음이 줄어들면 곧바로 괴로워지는 일이 많았습니다. 우울증에서 해방된 후의 삶도 포함해서요. 앞으로 내 인생이 어떻게 흘러가더라도 감사하는 기분을 잊는 일은 없을 것입니다.

당신은 지금 가지고 있는 것에 감사하고 있나요? 살다 보면 때때로 좋은 일도 생기는 법이랍니다.

'다가가기'의 중요함

사와토 • 안심하고 실패할 수 있는 사회를 만들기 위해 우리 각자가 할 수 있는 일은 무엇이 있을까요?

가와다 • '다가가기' 가 아닐까요. 살아가는 게 괴로운 사람, 마음에 상처를 입은 사람을 온전히 공감하고, 이해하기 힘들더라도 그들의 힘들고 괴로운 마음을 조금이라도 헤아리고 인정하는 건 가능하겠지요. 그것이 우리가 할 수 있는 중요한 일이라고 생각합니다. 저는 19세에 감염된 혈액으로 인해 에이즈에 걸렸고 에이즈 소송으로 실명이 공개되었습니다. 당시 제 친구들은 "어제의 너와 오늘의 너는 다르지 않다. 넌 여전히 내 친구다"라고 말해 주었어요. 몹시 기뻤습니다. 상대가 저에게 다가와 주는 마음이 느껴졌고 그 때의 감동이 살아가는 힘이 되었다고 해도 과언이 아닙니다.

사와토 • 다가와 준다는 건 참으로 고마운 일이죠. 저는 주변 사람이 "네 괴로움을 이해해"라고 말해주기보다는 "솔직히 말하자면 너의 기분을 100퍼센트 이해하진 못해. 그러니까 무언가 괴로운 일이 있으면 언제든지 알려줘"라고 말해줬던 때가 더욱 감동적이었습니다. 저에게 어떻게든 다가오려고 하는 마음이 느껴졌지요.

제4장 나는 어떻게 삶의 힘을 되찾았는가

몸이 돌처럼 굳어 움직일 수가 없었습니다.
고개를 드는 것조차 힘겨웠지요.
'예전처럼 편해질 수 있다면 얼마나 좋을까.'
심신이 지친 분도 부담 없이
따라 할 수 있는 방법을 모아 보았습니다.

커튼을
10센티
열어놓는다

잠자는 시간은 인생의 1/3

당신은 충분한 수면을 취하고 있나요? 개인차는 있겠지만 보통 잠자는 시간은 인생의 1/3가량을 차지합니다. 실로 상당한 비중이 아닐 수 없지요. 이처럼 수면은 우리 생활에 지대한 영향을 미칩니다.

나는 몇 년 전부터 '수면건강지도사' 자격증을 취득하고 올바른 수면에 대한 상담 및 강연을 해 오고 있습니다. 발표된 바에 의하면 불면증으로 고생하는 일본인은 5명 중 한 명꼴이고, 우울증에 걸린 사람으로 범위를 좁히면 무려 96퍼센트에 이른다고 합니다.*

이토록 많은 사람들이 수면 장애를 겪는 까닭은 무엇일까요? 무엇보다 잠을 충분히 자지 못하기 때문이죠. 설령 자더라도 제대로 숙면을 취하지 못하고요.

---

* 한국에서 한 해에 수면장애로 진료를 받은 사람의 수는 35만 7천 명이다. 이중 불면증으로 고생하는 사람의 수는 23만 7931명으로 수면장애의 원인 중 불면증이 차지하는 비율이 66.7%로 가장 높은 원인으로 나타났다. - 편집자주
〈출처 : 국민건강보험공단 건강보험정책연구원〉

NHK에서 국민생활시간조사를 실시했는데 일본인의 평균 수면 시간은 50년간 약 1시간이나 줄어들었다고 합니다. 더군다나 밤 10시 이내에 잠자리에 드는 사람이 1960년에는 국민의 약 70퍼센트 였는데 2010년에는 약 20퍼센트로 나타났습니다.* 그야말로 '전 국 민의 야행성화' 라고 해도 과언이 아니에요.

밤 10시에서 2시 사이에는 성장호르몬이 집중적으로 분비됩니 다. 아이들이 밤늦게까지 자지 않으면 키가 크지 않는다고 하는 것 도 다 이런 이유 때문이지요. 그런데 성장호르몬은 아이뿐만 아니 라 어른에게도 몹시 중요하답니다. 뇌의 기능을 복원시키고 스트 레스 대처호르몬의 활성화 등 두뇌 활동과 건강을 위한 필수적인 역할을 하기 때문이지요.

성장호르몬이 부족하면 생기가 없고 불안감을 자주 느끼고 무기 력한 증상을 보이기도 합니다. 때문에 되도록이면 밤 10시에 잠자 리에 들도록 습관을 들여야 하는데 그렇지 못하는 사람들이 점점 늘어 가고 있습니다.

현대인의 우울증 증가에는 잘못된 수면 습관이 커다란 원인을 차지하는 셈이죠.

---

* 한국 사람들의 수면시간(수면, 낮잠 및 졸음 포함)은 7시간 51분이며 이는 10년 전과 비 교하면 3분이 늘어난 수치이다. - 편집자주
〈출처 : 통계청 - 2009생활시간조사〉

아침에 햇빛을 쬐자

우울증을 앓을 당시엔 불면증으로 밤마다 괴로웠습니다. 수면제를 복용했지만 직장을 다닐 땐 새벽 4시에 신문이 배달되는 조그만 소리에도 눈이 확 떠지고 출근 시간까지 잠을 뒤척이곤 했지요. 이불 속에서 나오기가 어찌나 힘들던지 몸이 납덩이처럼 무거웠어요.

대장 적출 수술을 앞두고 입원했을 때는 불면증이 한층 심각해져 도에 지나칠 만큼 수면제에 의존했습니다. 잠을 잘 수 없다는 사실에 너무도 고통스러웠습니다. 게다가 매일 아침 7시만 되면 어김없이 간호사가 병실에 찾아왔는데 불청객이 따로 없었어요.

올 때마다 병실의 커튼을 확 열어젖히는 거예요. 가뜩이나 밤새도록 잠도 못 자서 조금이나마 어두운 곳에서 눈을 붙여 보고 싶은데 말이죠. 환하게 쏟아지는 햇빛은 그 작은 소망마저 앗아가 버렸지요. 그땐 간호사가 참 원망스러웠어요. 그런데 나중에 알고 보니 그녀 덕분에 조금씩 원기를 회복하는 계기가 되었지 뭐예요.

수면의 질을 높이기 위한 방법 중 하나가 바로 '아침에 햇빛 쬐기'입니다. 햇빛을 쬐게 되면 몸속에서 세로토닌이라는 신경전달물질이 대량으로 분비되고, 약 15시간 뒤에 멜라토닌이라는 수면 유도 호르몬으로 전환되지요.

햇빛을 쬐면 인체 내부의 시계가 제대로 조절된다는 장점도 있어요. 본래 우리 몸 안의 시계는 25시간 주기로 되어 있습니다. 그런데 햇빛을 받으면 컴퓨터가 초기화 되듯이 지구의 자전주기와 같이 24시간으로 조절되는 것이죠.

그런데 햇빛을 쬐지 않으면 다음 날 한 시간씩 밀리고 또 밀려서 나중에는 신체 시계와 사회 시간이 완전히 어긋나고 맙니다. 요즘 사회문제가 되고 있는 이른바 '히키코모리(은둔형 외톨이)'가 밤낮이 바뀌어 생활 리듬이 엉망이 되는 것도 하루 종일 햇빛을 쬐는 일이 적기 때문입니다.

내 경우, 아침마다 간호사가 커튼을 힘차게 열어젖히는 바람에 반강제적으로 햇빛을 쬐게 되었는데 결과적으로 생활 리듬을 되찾는 데 큰 도움이 되었습니다.

아침에 햇빛을 쬐는 행위는 수면의 질을 높이고 생활 리듬을 개선시켜 우울증 치유에 효과적입니다. 아침에 일어나 햇빛을 가득 받으며 산책을 하는 게 금상첨화겠지만 몸과 마음이 무거워 이불 밖으로 나오기도 힘든 사람이라면 커튼을 조금 여는 것만으로도 도움이 되지요.

아침에 커튼을 열 기력도 없고 부탁할 가족도 없다면 자기 전에

아예 커튼을 10센티 정도 열어 두는 것도 괜찮은 방법이에요. 아침
이 되면 알아서 햇빛이 방 안에 들어올 테니까요.

　지극히 사소해 보이지만 인생이 바뀌는 첫 단추가 될지도 모릅
니다.

자세가 바뀌면
인생이 바뀐다

자세가 나쁘면 마음도 우울해진다

우스다 타쿠마 씨는 종종 강연장에 함께 서는 동료이자 수많은 언론 매체에 등장해 '자세의 중요성'을 강조하는 척추 지압사입니다.

'자세가 바뀌면 인생이 바뀐다!'

우스다 선생에게 이 말을 들었을 때 몹시 충격을 받았던 기억이 납니다.

그에게 치료를 받으러 오는 사람들 중에는 정신적으로도 힘들어하는 경우가 많다고 합니다. 그리고 하나같이 자세가 나쁘다고 하더군요. 목과 어깨가 딱딱하게 굳어 있고 허리도 상당히 굽었다면서요. 나도 우울증을 겪을 때 자세가 무척 안 좋았어요. 그냥 서 있기만 해도 피로감이 몰려왔지요. 걸음걸이도 구부정했고요.

자세와 마음은 동전의 양면과 같아요. 정신적인 고통으로 자세가 나빠진 사람이 있는가 하면 그 반대인 경우도 있다고 합니다.

컴퓨터 작업에 대해 생각해 볼까요. 요즘에는 회사에서든 집에서든 장기간 컴퓨터를 사용하는 사람이 많습니다. 흔히 컴퓨터를 많이 하게 되면 자세가 나빠진다고 생각하지요. 하지만 실상은 우리가 생각하는 이상으로 훨씬 심각합니다.

등을 웅크리고 오랜 시간 컴퓨터를 하면 목이나 어깨 결림 등 신체적으로 상당한 무리가 옵니다. 일반적으로 머리의 무게는 체중의 10퍼센트 정도를 차지하는데 자세가 좋으면 목이 머리 무게를 안전하게 지탱하지만 자세가 나빠지면 어깨와 등까지 머리를 지탱하는 데 힘을 써야 하니 몸에 그만큼 부담이 갈 수밖에요.

게다가 굽어진 자세로 근육이 굳어져 버리면 척추 관절도 굽어진 채로 굳어지고 말아요. 그 결과 척추에서 나오는 자율신경이 악영향을 받습니다. 내장의 기능을 조절하는 자율신경기능이 저하되면 위액 분비를 원활히 조절하지 못해 소화불량, 배변 장애 등을 초래할 우려도 크고요. 더욱이 인간이 살아가는 데 필수적인 자연치유력을 저하시키는 요인이 되기도 합니다.

몸이 아프면 마음도 아프고 마음이 아프면 몸도 아픕니다. 자세가 나쁘면 몸에 부담을 가중시켜 마음에도 악영향을 미치지요. 매

사에 의욕이 없어지고 불안함이 증가하는 등 우울증이 생길 확률
도 높아지고요.

올바른 컴퓨터 자세

반면 자세가 좋아지면 심신의 고통에서 벗어날 가능성도 높아집
니다.

수시로 짜증이 몰려오고 불면증이 심해 식은땀이 자주 난다는
50대 여성이 주변의 권유를 받아 자세 교정을 시작했습니다. 수개
월이 지난 뒤엔 몰라볼 정도로 자세가 반듯해지고 성격도 밝아졌
지요. 자세가 좋아지자 거짓말처럼 불면증과 식은땀도 사라졌고
요. 고민거리가 없어지니 마음이 편안해지고 표정이 밝아진 건 당
연한 결과였지요.

마음이 우울할 때는 자세 교정을 받아 보세요. 굽은 등을 곧게
펴고 목과 어깨를 부드럽게 푸는 것만으로도 몸의 피로가 풀립니
다. 게다가 마음의 피로까지 풀리니 이 이상 좋을 순 없겠죠.

안마 센터나 접골원에 다니기가 망설여진다면 우스다 선생이 알
려준 올바른 컴퓨터 자세를 배워 보세요. 아래의 세. 가지 순서로
따라 하면 됩니다.

1. 의자 높이 : 발바닥 전체를 바닥에 댑니다. 그리고 발목과 무릎, 고관
   절이 90도가 되도록 만듭니다.

   (필요하다면 발판을 사용하세요)

2. 모니터 위치 : 등을 곧게 펴고 정면을 향한 시선에 모니터 윗부분이
   오도록 조절합니다.

   (필요하다면 받침대를 모니터 아래에 놓아 높이를 조절하세요)

3. 키보드와 마우스 위치 : 등을 곧게 펴고 팔을 편안하게 늘어뜨린 상태에
   서 손이 책상 위에서 팔꿈치까지 90도가 되는 곳에 마우스를 둡니다.

노트북을 사용한다면 별도의 키보드를 구입해 노트북은 모니터
로만 이용하는 것도 추천할 만한 방법입니다.

위의 자세를 배워 두면 목과 어깨의 부담을 줄이고 자율신경의
기능 저하도 방지할 수 있습니다. 나도 이 자세를 몸에 익힌 뒤로
는 장시간 컴퓨터로 작업을 해도 피로를 덜 느끼게 되었습니다. 한
가지 덧붙이자면, 의자 뒤에 딱딱한 쿠션을 끼웠더니 곧은 등을 편
자세가 한결 편해지더군요.

자세가 바르면 몸의 부담도 줄어들고 마음도 개운해지니 꼭 한
번 시도해 보시기 바랍니다.

고개를
들기조차
어렵다면

구체적인 이미지를 떠올린다

지인 중에 중학교 때부터 연극 활동을 해 온 가메오카 유미코라는 분이 계십니다. 그녀는 연극을 통해 사람들이 자신을 있는 그대로 표현하고 더욱 활기찬 인생을 살아가는 데 도움을 주고 있지요.

가메오카 씨가 9년 동안 날마다 발행하는 메일 잡지에는 활기차게 살아가기 위한 유용한 힌트가 가득합니다. 그중에 특히 인상적이었던 부분을 소개합니다.

가에오카 유미코

말할 수 없이 기분이 울적하고 고개를 들기조차 어려울 때가 있지요.

자, 위를 향해 반듯이 누워 보세요.

가볍게 눈을 감고 몸의 긴장을 푸세요.

잘 안 되면 우선 숨을 깊게 천천히 내쉽니다.

튜브 안에 든 치약을 하나도 남김없이 짜내는 모양을 떠올려 보세요.

모조리 토해 냈다면 후, 하고 몸에 힘을 뺍니다. 그러면 자연스레 숨을 들이쉬게 됩니다.

그렇게 잠시 호흡을 지속하세요.

숨을 내쉴 때는 몸속에 쌓인 노폐물을 내뱉는다 생각하세요. 들이쉴 때는 신선한 공기가 새로운 에너지와 함께 들어온다고 생각하시고요.

깊은 호흡은 혈액에 깨끗한 산소를 공급하고 몸도 활성화시켜 줍니다.

이번에는 초원에 누워 있는 자신을 상상해 봅니다.

잘 그려지지 않는다면 '나는 지금 초원 위에 누워 있다' 라고 여러 번 반복해서 말해 보세요. 인간의 뇌는 말하는 대로 작동한답니다.

그렇게 편안히 호흡을 지속하면서 누워 있는 바닥의 감촉을 느껴 보세요.

따뜻한가요? 차가운가요?

몸에 닿는 풀의 감촉을 느껴 보세요.

부드러운가요? 따끔한가요? 간지럽진 않나요?

내리쬐는 햇빛을 느껴 보세요.

눈이 부신가요? 따스한가요?

불어오는 바람을 느껴 보세요.

매서운가요? 시원한가요?

귀를 기울여 보세요. 어떤 소리가 들리나요.

작은 새들이 지저귀는 소리? 아이들이 뛰어노는 소리? 아니면 멀리서 누군가 연주하는 악기 소리?

참, 어디서 꽃향기가 코끝을 스치지 않나요? 근처에 졸졸졸 흐르는 시냇물의 비릿한 물 내음도요.

모든 감각을 동원해 지금 이 세계에 흠뻑 취해 보세요.

우리는 상상력으로 어떤 세계도 느낄 수 있답니다.

어떤 사람도 될 수 있고 어떤 기분도 맛볼 수 있습니다.

뇌는 현실과 이미지를 구별할 수 없어요.

우울한 사람은 스스로가 쓸모없는 존재라고 자신을 깎아내리지만 그건 착각일 뿐입니다.

뇌가 그런 착각을 믿어 버리는 바람에 기분이 우울해지도록 지시를 내리는 겁니다.

당신은 어떤 상상도 할 수 있어요.

당신의 뇌는 당신이 상상한 대로 움직입니다.

이번에는 해안가에 있는 자신을 상상해 볼까요?

에베레스트 산 등정이나 우주비행도 좋습니다.

충분히 즐겼다면 원래의 자신으로 돌아오세요.

그리고 자신을 팔로 꼭 안아 주세요.

당신이 아직 스스로에게 하지 못한 말을 제가 대신 들려주겠습니다.

좋다, 좋다.

나는 내가 정말 좋다.

자신을 꼭 안아 주세요.

당신은 지금 모습 그대로 무엇과도 바꿀 수 없는 소중한 존재입니다.

스스로를 사랑하며 행복하게 살아가세요.

이름을
바꿔 본다

발음 좋은 이름이 인상도 좋다

인생을 바꾸고 싶은 분을 위해 사소하지만 효과는 뛰어난 두 가지 방법을 소개하고자 합니다.

첫 번째는 '이름 바꿔 보기' 입니다. 아무래도 본명을 바꾸는 건 여러모로 절차가 번거로우니 새로운 별명이나 애칭을 붙여 보는 게 좋겠습니다.

나는 학생 때부터 회사원 시절까지 줄곧 사와토 씨, 사와토 군 등으로 불렸습니다. 지금은 많은 사람들이 나를 '사와톤' 이라고 부르지요.

8년 전쯤 여자 동료가 불쑥 사와톤이라고 부른 게 계기가 되었습니다. 그땐 꽤나 머쓱했는데 듣고 보니 어감이 참 좋더군요. 사람들의 반응도 괜찮기에 그때부터 사와톤이라고 불리게 되었습니다.

"사와톤!" 하고 누가 부르면 왠지 기분이 편해지더군요. 우울증에서 해방된 것도 사와톤이라고 불릴 무렵이었죠. 귀엽고 둥글둥글한 이미지가 스스로를 조금씩 부드럽게 어루만져 준 걸까요?

지인 중 한 분이 이름의 발음과 그 사람의 인상에 대해 연구하고 계십니다. 그분 말씀에 따르면 이름이나 애칭이 발음 되는 뉘앙스에 따라 당사자가 주변 사람에게 주는 인상이 달라진다고 하더군요. 만약 내 애칭이 '고지라ゴジラ 일본영화에 나오는 괴물'이거나 '게르게ゲルゲ 어린이 드라마에 나오는 악당'였다면 어땠을까요? 괴팍하고 무시무시한 이미지였겠죠.

이름은 평생 타인이 자신을 지칭해 발음하는 소리입니다. 자신이 자기 이름을 부를 일은 좀처럼 드물지요. 어떤 이름을 가졌느냐에 따라 타인이 갖는 자기 인상이 결정되고 성격도 따라갑니다. 당신도 동경하는 사람이나 좋아하는 영웅 이름을 따서 새롭게 애칭을 붙여 보면 어떨까요?

내 친구는 어느 때부턴가 이름과는 아무 상관도 없는 '아이짱'을 쓰기 시작했습니다. 원래도 상냥했지만 그 애칭이 붙은 뒤로는 더욱 사랑스럽고 다정한 사람이 된 듯합니다.

참고로 덧붙이자면 '사와톤'의 '사'처럼 이름 첫 자가 '아'로 시

작하고 끝 자가 'ㅇ'이나 'ㄴ' 받침으로 끝나면 사람들에게 친밀감
을 주기 쉽다고 하더군요.

몸에 걸치는 색상이 바뀌면 행동도 바뀐다

두 번째는 '몸에 걸치는 색상 바꿔 보기'입니다.

나는 학생 시절부터 셔츠는 무조건 하늘색 계열로 입고 다녔습
니다. 튀는 색은 질색이었죠. 그런데 한창 우울증을 앓고 있을 때
컬러를 공부하던 지인이 이런 조언을 해 주더군요.

"분홍색 셔츠를 입으면 인생이 바뀔 거야."

속는 셈치고 태어나서 처음으로 분홍색 셔츠를 샀습니다. 실은
흰색에 엷은 분홍색 줄무늬가 들어간 셔츠였지만요. 다행히 주변
반응이 괜찮았어요. 그때부터 점차 분홍색 계열 셔츠가 늘어 가서
이제는 옷의 절반가량이 분홍색입니다. 지금 생각해 보니 분홍색
셔츠를 걸치기 시작한 뒤로 마음이 좀 편안해진 것 같아요.

컬러 스타일리스트 사쿠라이 모에 씨에 의하면 상반신에 걸치는
색은 그 사람의 첫인상을 크게 좌우한다고 합니다. 몸에 걸치는 색
상에 따라 마음 상태도 그 영향을 받아 표정이나 몸짓, 행동도 바
뀌고요. 이름처럼 말이지요.

예컨대 연분홍색은 밝고 상냥하게 보이는 색이라 다소 피곤해 보이는 사람도 혈색이 좋아 보이고 인상이 부드러워 보인다고 합니다. 개인차는 있겠지만 혈액순환이 좋아지거나 여성호르몬 분비가 촉진되어 피부가 맑아지고 어려 보이는 효과가 있다고 하는군요. 몸에 걸치기만 해도 행복해지는 색이랄까요. 고민이 많을 땐 어둡고 차분한 색을 입는 경향이 많은데 오히려 분홍색이나 노란색처럼 평소보다 밝은색 옷을 걸치는 게 좋다는군요.

참고로 우울증에는 주황색이나 금색이 효과가 있다고 합니다. 옷이 부담스럽다면 액세서리나 휴대폰 줄처럼 소품에 써 봐도 좋겠지요.

마음의
동지를
만드는 법

고민을 나누며 돈독해지는 유대감

상담을 받으러 오는 분들에게 무엇을 원하는지 물으면 '마음을 터놓을 수 있는 친구'라고 대답하는 경우가 많습니다.

"편하게 속내를 털어놓을 수 있는 친구가 있었으면 좋겠어요."

"저를 있는 그대로 받아 주고 이해해 주는 친구가 필요해요."

마음의 고민을 안고 있는 사람이 필요로 하는 세 가지는 '편하게 있을 수 있는 장소, 내 모습을 있는 그대로 받아들여 줄 사람, 자신이 누군가에게 도움이 된다는 생각'이라고 했지요. 그중에서도 자신을 있는 그대로 받아들여 주는 진정한 친구의 존재야말로 삶의 커다란 원동력이 됩니다.

껍데기에 그치지 않는 진정한 유대감을 느끼려면 어떻게 해야 할까요? 무엇보다 '공통점'이 있어야 합니다. 서로 공통점이 있으면 유대감이 깊어지기 마련입니다. 단순히 나를 알아주고 인정해주는 사람보다, 공통점을 가진 사람이 관계도 오래가고 친밀감도 높아지지요.

'파더링재팬Fathering Japan'이라는 단체가 있습니다. 이른바 '좋은 아빠, 웃는 아빠를 위한 모임'으로 전국의 아버지들을 중심으로 약 300명의 회원이 활동 중입니다. 이곳에서는 좋은 아버지가 되기 위한 강좌나 프로그램이 다양하게 열립니다. 나는 아직 아버지는 아니지만 '아버지 학교'에 참가했던 인연으로 가입을 하게 되었습니다.

그리고 이곳에서 A를 만났지요. 그의 아내가 첫 임신을 했는데 3개월째부터 심각한 입덧이 시작되었다고 합니다. 갑작스레 닥친 상황이라 당황했지만 아내를 돌보면서 살림도 도맡아 하게 되었죠. 그러다 A도 점점 지치고 스트레스가 쌓여갔어요. 결국에는 아내가 출산하기 한 달 전에 그만 공황 발작을 일으키고 말았지요. 다행히 남자아이가 무사히 태어났지만 기쁨도 잠시, 아내는 산후우울증에 걸렸고 집안에는 다시금 먹구름이 드리웠습니다.

'내 심정을 알아주는 사람은 아무도 없구나.'

A는 뼛속 깊이 고독감을 느꼈습니다. 낯선 사막에 홀로 던져진 심정이었죠. 온종일 울기만 하는 아내를 어떻게 보살펴야 할지, 아이는 어떻게 돌봐야 할지…… 모든 게 막막했습니다.

그러던 중 지푸라기라도 잡고 싶은 마음에 파더링재팬 전(前) 대표인 안도 타쿠야 씨의 강연회에 참석하게 되었다고 합니다. 그곳에 들어선 순간 그는 정신이 번쩍 들었습니다.

'육아를 하는 아버지들이 이렇게 많다니…….'

자신만 힘들다고 생각했는데 비슷한 환경에 있는 사람들이 너무도 많았던 겁니다. A는 당장 모임에 가입했습니다. 자신과 같은 고민을 가진 사람들을 만나 스스럼없이 속내를 털어놓고 공감을 나눌 장소가 있다는 사실에 마음이 든든해졌지요.

다시 예전의 모습으로 돌아온 A는 이제 체험자로서 비슷한 고민을 가진 사람들을 돕고 싶다고 말합니다.

'아버지' 와 '육아 고민' 이라는 공통점을 공유하면서 A는 마음 편한 장소, 진정한 친구와 자신도 남에게 도움이 될 수 있다는 믿음을 갖게 된 것입니다.

유년기에 좋아했던 것

고민이 아니라 즐거움을 공유하면서 친구를 찾을 수도 있습니다.

나도 우울증에 걸렸을 땐 업무 관계 이외엔 인맥이 거의 없었기에 무척이나 고독했습니다. 누군가와의 유대감이 절실했지요. 고민 끝에 가스펠(교회의 복음성가) 교실에 다니기 시작했습니다. 어릴 적부터 노래 부르기를 좋아해서 언젠가 정식으로 배워 보고 싶다고 생각했는데 때마침 친구의 권유로 함께 다니게 된 거예요.

목청껏 노래를 부르고는 마음 맞는 사람과 뒤풀이를 갖는 시간이 소소하지만 행복한 즐거움이었습니다. 그중에는 나처럼 우울증을 앓는 사람도 있어 서로 고민을 나누기도 했지요. '노래가 좋다'는 공통점이 있었기에 우울증으로 고민하는 사람과 더욱 깊은 유대감을 가질 수 있었지요.

당신은 무엇을 할 때 즐거운가요? 유년기 때 좋아했던 놀이를 떠올려 보세요. 달리기, 소꿉놀이, 독서, 만화영화, 퍼즐 등등. 자신이 순수하게 좋아했던 놀이에 앞으로 당신의 인생을 바꿔 줄 힌트가 숨겨져 있을지도 모릅니다.

이 책을
추천합니다

괴로운 마음을 달래 주는 책

삶을 놓아 버리고 싶은 분들에게 두 권의 책을 추천하고 싶습니다.

완벽한 대답이 담겨 있지 않을지라도 분명 깊은 울림을 전해 줄 것입니다. 머리가 산만하고 가슴이 답답해 활자를 읽기조차 버거운 분도 술술 읽어 내릴 만큼 쉽고 부드러운 책들입니다.

첫 번째는 〈우울증 세계와 작별하는 100권의 책 5つの世界にさよならする 100冊の本(국내 미출간)〉입니다.

일본 독서요법 학회의 회장으로 활동 중인 데라다 마리코 씨는 자신이 엄선한 100권의 책을 따뜻한 메시지를 곁들여 소개합니다.

'죽고 싶다고 생각하고 있나요? 저 역시 그랬습니다.'

첫 문장은 이렇게 시작하지요. 이 책은 총 9개의 테마로 나뉘어 있습니다. 첫 장은 지치고 아픈 마음을 부드럽게 다독여 주는 평화로운 사진집입니다. 두 번째 장부터는 세상으로 한 발자국 내딛기 위해 '청소와 정리'에 대한 조언이 나와요. 그때그때 상황과 기분에 따라 자신에게 맞는 책을 골라 보면 됩니다. 현재의 상태에 부합하는 부분만 읽어도 되니 완독해야 한다는 부담을 가질 필요도 없지요.

세상에 차갑게 내동댕이쳐져 몇 번이고 죽을 결심을 했지만 마침내 살아갈 힘을 되찾은 저자이기에 자살 충동을 느끼는 이들이 공감할 이야기를 들려줍니다. 그동안 이 책을 수많은 지인들에게 소개해 왔는데 덕분에 살아갈 희망과 용기를 얻었다는 분들이 많았습니다.

죽음을 치료하는 생명 전도사

두 번째 책은 〈힘들면, 도와 달라고 말해요命のカウンセリング(김영사, 2011)〉입니다.

이 책은 출간 뒤 폭발적인 인기를 얻어 2012년 텔레비전에서 드라마로 제작되기까지 했습니다. 지인의 소개로 이 책을 알게 되었는데 표지를 펼치자마자 그 자리에서 단숨에 읽어 버릴 만큼 흠뻑 빠져들었지요.

저자인 하세가와 야스조는 이 책에서 '죽고 싶은 생각을 가진 분들을 전문으로 담당하는 상담사'라고 자신을 소개합니다. 그는 15세 때 불의의 사고로 두 다리를 잃은 뒤로 휠체어 생활을 하게 되었습니다. 사고 후유증과 다시는 두 다리로 걸을 수 없다는 절망감에 빠져 몇 번이고 자살하려고 했지요. 하지만 그럴 때마다 주위 사람들의 따뜻한 격려와 도움의 손길로 죽음의 유혹을 이겨냈습니다.

하세가와 씨의 곁에는 날마다 수많은 사람들이 찾아옵니다. 자신을 출산할 때 어머니가 돌아가신 분, 가족이 자살한 분, 모친이 동반 자살을 꾀한 분 등등 저마다 사연은 다양하지만 살아갈 의미를 찾지 못한 채 죽고 싶어 한다는 점은 똑같습니다.

책 속에는 벼랑 끝에 내몰려 자포자기 심정으로 삶을 놓아 버리려는 사람들이 '집단치료'를 통해 마음을 치유해 가는 과정이 나옵니다. 집단치료란 참가자들이 모여 서로의 감정과 행동을 공유하며 문제를 해결하는 요법이죠.

한 예로, 마음이 괴로운 A가 있다고 해 봅시다. 그가 살아오면서 미워했던 사람을 B라고 한다면 참가자들 중 누군가가 B 역할을 맡습니다. A는 그동안 마음에 담고 있던 응어리를 B를 향해 토해 냅니다. 주변 사람들은 A의 기분을 공유하며 함께 울고 웃으며 당사자가 억누른 감정을 남김없이 털어 내도록 도와줍니다.

사례 중 특히 인상적인 건 '도와줘'라고 말하지 못하는 여성의 사연이었습니다. 어린 시절 고통스러운 체험을 한 뒤로 그녀는 단 한 번도 누군가에게 도와 달라는 말을 하지 못하고 살아왔습니다. 집단치료 중에도 차마 도와 달라는 말이 입에서 떨어지지 않았지요. 그러다 마지막의 마지막, 모두가 믿고 지켜보는 가운데 그녀는 마침내 "도와줘"라고 신음하듯 뱉어 냈습니다. 평생토록 하고 싶어도 할 수 없었던 단 한 마디였지요.

나는 이 책을 30대 고객에게 빌려 주었습니다. 힘든 내색 한 번 없이 홀로 괴로움을 감당하며 살아온 사람이었는데, 얼마 후 그에게서 메일이 한 통 도착했습니다.

무언가에 홀린 듯 순식간에 몽땅 읽어 버렸습니다. 제 자신도 모르게 눈물이 흐르더군요. '도와줘'라는 말은 '사랑한다'라는 뜻이었습니다. 선생님, 저를 도와주십시오.

이 책을 통해 그 역시 내면에 봉인해 온 말을 입 밖에 낼 수 있게 된 거예요. 따듯한 격려와 위로가 가득한 이 책은 타인에게 의지하는 일이 힘들고 서툰 분에게 분명 도움이 될 것입니다.

스스로
자기 편을
만든다

세상에서 단 하나뿐인 책

괴로울 때 힘이 되어준 책들은 셀 수 없이 많지만 그중에서 가장 소중한 것이 무엇이냐고 묻는다면 나는 주저 없이 이것을 꼽습니다. 바로 입원 중에 썼던 일기입니다.

여느 대학 노트와 다름없는 연한 자줏빛 표지에는 연필로 내 이름이 적혀 있습니다. 2007년 2월 8부터 27일까지, 대장 적출 수술을 전후로 보낸 하루하루 일상이 가감 없이 적혀 있지요. 이 책에 노트에 있던 구절 몇 개를 인용하기도 했습니다.

둘째 날 글을 보니 일기를 쓰는 이유가 이렇게 적혀 있더군요.

머리가 녹슬어 지난 일을 떠올리기 힘들고 벅차지만 되도록이면 하루도 빠짐없이 일기를 써 보려고 한다. 지금의 괴로운 심정을 차분히 정리하기 위함이기도 하지만 언젠가 몸과 마음이 건강해졌을 때를 위한 것이기도 하다.

내가 이토록 힘들었구나, 하고 이날을 돌이켜 보며 다시 고통이 찾아와도 극복할 힘과 용기를 얻을 수 있으리라.

살아오면서 기억력만은 좋다고 자부해 왔는데 지금은 웬일인지 금방금방 까먹고 만다. 날마다 일기를 쓰도록 노력해야겠다. 하루가 지나면 기억이 희미해질 테니까.

이날의 경험을 차곡차곡 모아서 훗날 내 삶의 보물로 만들리라.

지금이라면 이 정도 문장을 10분 내에 거뜬히 써 버리겠지만 당시엔 적어도 한 시간은 끙끙거렸던 기억이 납니다. 한 글자 한 글자 또박또박 정성스레 적어 내려가던 모습이 막 글쓰기를 배우는 아이 같았지요.

다른 날 일기엔 이런 내용이 있습니다.

저녁 7시부터 도라에몽을 보는데 마음이 참 괴롭다.

어릴 적 너무나 좋아했던 국민 만화 도라에몽. 하지만 재미는커녕 괴롭고 짜증만 났습니다. 도라에몽에 나오는 주인공 아이들인 노비타와 시즈카가 즐겁게 이야기를 하는 장면만 봐도 불쑥 질투심에 휩싸였지요.

지금 생각하면 유치하기 짝이 없지만 그때는 세상이 어찌나 원망스럽던지요. 다른 사람들은 모두 편안하고 행복해 보이는데 삶은 유독 나에게만 불친절하고 냉정하다고 느껴졌지요.

캄캄한 어둠 속에서 더듬더듬 벽을 짚으며 출구를 찾아가는 절박한 심정으로 써 내려간 일기가 이제는 그 무엇과도 바꿀 수 없는 평생의 보물이 되었습니다.

지금도 삶이 고되고 힘들 때마다 일기를 들춰 보며 고통 속에서 한 발, 한 발 앞으로 나아가던 자신을 돌이키면서 새로운 희망을 얻습니다.

종이에 적는 것은 신에게 적는 것

자신이 느끼는 감정을 종이에 적는 것만으로도 마음이 한결 개운해집니다. 종이에 적어 밖으로 내보내면 스스로를 객관적으로 바라보게 되고 머릿속도 말끔히 정리되지요.

사람은 망각의 동물입니다. 커다란 사건이나 느낌은 오랫동안 기억할지라도 사소하고 일상적인 것들은 순식간에 잊어 버려요. 더구나 마음이 괴로우면 긍정적인 감정은 까맣게 잊어버리고 부정적인 감정만 깊숙이 각인되기 마련입니다. 예컨대 일주일 중 하루는 기분이 좋았더라도 조금 시간이 지나면 '일주일 내내 기분이 나빴다'라고 기억하는 게 사람 마음입니다.

하지만 일기에 적어 두면 '그래도 좋은 날도 있었네' 하고 알게 됩니다. 지나간 일기를 읽어 보면서 당시와 비교하면 스스로 나아지고 있음을 실감할 수 있지요. 이는 곧 성취감과 자신감으로 이어집니다. 살아갈 힘이 생겨요. 그러니 현재와 미래를 위해 그날그날 있었던 일이나 기분을 적어 보는 겁니다.

세상에는 좋은 책이 참 많아요. 하지만 경험에서 우러나온 자신의 말만큼 설득력이 강한 것은 없습니다. 긍정적인 자신도 부정적인 자신도 모두 나의 모습임을 깨닫고, 있는 그대로의 나 자신을 받아들이게 되지요.

언제나 큰 가르침을 받고 있는 시모카와 고우지 선생님이 이런 말씀을 하셨습니다.

"종이에 적는 것은 신에게 적는 것, 신을 자신의 편으로 만들어라."

　그렇습니다. 종이에 적으면 형상화된 글자가 바로 자신의 편이 됩니다. 마음이 든든해지고 편안해져요.

　신이란 바로 자기 안에 있습니다.

시간을
빨리 보낸다

1분 1초가 괴로울 때

고객의 이야기를 듣다 보면 이런 말을 하는 경우가 많습니다.

"시간을 헛되게 보내는 게 견디기 힘듭니다. 하루하루가 허무하게 끝나 버려요. 어서 우울증에서 벗어나 시간을 보람차게 보내고 싶습니다."

나도 그랬습니다. 사람들은 이렇게 말했죠. 재충전의 시간으로 생각하고 조급해하지 말라고. 하지만 기분은 조금도 나아지지 않았습니다. 오히려 '당신들이 뭘 알아!' 하며 원망만 커질 뿐이었죠.

이렇게 생각해 보면 어떨까요.

'괴로울 땐 현상 유지라도 다행으로 삼자.'

대장 적출 수술로 입원했을 당시 일기엔 이런 구절이 있습니다.

이 병원에 머물러 있는 한 현상 유지라도 다행이라고 생각한다. 살아가는 즐거움 따윈 차라리 사치인 병원 생활. 하루하루 버티는 것만으로도 대단한 일이다. 약의 힘을 빌려도 좋으니 어떻게든 견디자.

삶의 밑바닥까지 곤두박질쳤다고 느낄 때는 1분 1초도 견디기 어렵습니다. 끝없는 바다 깊은 곳으로 가라앉는 기분. 어떻게든 수면 위로 솟아올라 숨을 내쉬고 싶지만 몸은 납덩이처럼 무겁고 점점 숨통이 조여 오는 막막한 기분이랄까요.

이럴 땐 무리하지 않는 게 좋습니다. 여기서 더 좋아지길 바라는 건 욕심이에요. 더 나빠지지만 않아도 다행입니다.

지금 와서 돌이켜 보면 현상 유지라도 실제론 그 이상의 효과가 있었어요. 살아가는 것에 초점을 맞추고 있으면 의식하지 않더라도 살아갈 힘이 길러지기 마련이니까요.

마음의 출구가 막혀 있어 드러나지 않더라도 조급해하지 마세요. 지금 당신 안에서 그 힘은 미래를 위해 깊게 발효되고 있습니다. 언젠가 반드시 눈부신 빛으로 타오르며 힘차게 분출할 날이 올 겁니다.

폭풍우가 지나가기를 조용히 기다리자

마음이 괴로운 사람에게 이런 조언을 자주 합니다.

"하루 24시간을 되도록 빨리 흘려보내세요."

24시간을 쪼개고 쪼개서 바쁘게 생활하는 현대인들에겐 사뭇 시대를 역행하는 제안일지도 모르겠습니다. 하지만 이는 '괴로울 땐 현상 유지라도 다행이다'와 비슷한 맥락입니다.

마음이 괴로우면 무슨 생각을 해도 부정적인 쪽으로만 보아지는 게 사람 마음입니다. 그렇다면 차라리 아무 생각도 하지 말고 하루를 보내는 겁니다. 당신의 마음속에는 험악한 폭풍우가 몰아치고 있어요. 지금은 괴롭겠지만 언젠가 폭풍우는 지나갑니다. 그때를 위해 몸을 낮추고 조용히 기다리는 거예요.

그럼 어떻게 해야 할까요? 하루하루 흐르는 시간의 물줄기를 빠르게 흘려버려야죠.

일기 쓰기도 물줄기의 속도를 높이기 위한 좋은 방법이에요. 일기를 적을 때만큼은 괴로움이 다소 누그러집니다. 그 조금의 해방감을 위해 나는 종이에 연필로 적어 나가는 번거로움을 이겨냈지요.

어느 날 일기에 이런 글이 있더군요.

깊은 늪에 빠진 듯 몸이 무겁고 기분이 가라앉아 있지만, 어쨌든 하루가 지나가서 다행이다.

앞으로의 일에 대해 생각해 보았지만 별달리 뾰족한 수가 없다. 몸 상태가 나아져야 일도 할 테니 지금은 생각해도 답이 없다.

조급해하지 말자. 언젠가 이 고통도 지나가리라.

어떻게든 번민의 시간을 흘려보내고 발버둥치는 모습이 보이는 듯합니다. 숫자 퍼즐도 제법 도움이 되었습니다. 만화책도 많이 읽었지요. 어릴 적 좋아했던 놀이를 해보면 의외로 시간이 빨리 갑니다.

인생은 유한하고 모든 것엔 끝이 있습니다. 고진감래라는 말도 있듯이 지금의 괴로움이 영원히 지속되진 않아요. 사소한 일을 계기로 단번에 고민이 해결되기도 하고 우연찮은 기회에 상황이 호전되기도 합니다.

하루 24시간을 빨리 보내면서 차분하게 기다려 보세요. 폭풍우가 지나가면 언젠가 맑게 갠 하늘이 보일 테니까요.

'우울 원만 사회'를 위해

사와토 • 제가 우울증에 걸렸을 때, 남에게 다가갈 생각은 차마 하지 못했습니다. 오히려 점점 깊은 내면으로 파고 들어갔죠. 그러다 결국 아파트 꼭대기에서 뛰어내리는 상황까지 치달았던 게 아닌가 싶습니다. 기적적으로 살아났기에 깨달을 수 있었지만요. 그래서 이제는 제가 괴로운 사람들에게 다가가기 위해 우울증 전문 상담사가 되었지요.

우울증에 걸린 사람들은 "선생님 덕분에 살아갈 힘이 생겼습니다"라며 고마워하지만 저야말로 그들에게 절이라도 하고 싶은 심정입니다. 그분들에게 도움이 되었다는 사실 덕분에 저는 살아가는 힘을 얻었으니까요.

우울증으로 고민하는 사람과 그들을 곁에서 도와주는 사람이 서로 의지하고 도와주면 삶의 에너지가 세상에 점점 퍼져 나가겠죠. 가와다 씨가 말씀하셨던 '다가가기'를 우리 모두가 조금씩 실천한다면 지금의 '우울 만연 사회'가 '우울 원만 사회'로 바뀌는 날도 언젠가 오리라 생각합니다.

가와다 • 우울 원만 사회, 참 좋은 말입니다. 우울증에 걸려도 괜찮은 사회, 그리고 언제든 다시 시작할 수 있는 사회가 되도록 함께 노력해 갑시다.

'희망은 마음의 태양이다.'

개인적으로 참 좋아하는 말입니다. 희망이 없다면 우리의 삶은 얼마나 고통스러워질까요.

나는 삶을 놓아 버리고 싶다고 생각하는 사람들에게 희망을 주기 위해 이 책을 쓰기로 마음먹었습니다. 암담한 어둠 속에서 빛을 찾아 헤매는 당신이 이 책에서 조금이라도 살아갈 의미를 찾기를 바랐습니다.

하지만 쓰면서 점점 자신이 없어졌습니다. 포기하고픈 마음도 들었지요.

'내가 삶을 포기하려는 사람들에게 어떤 도움을 줄 수 있을까.'

'내가 기껏 이 책으로 그들을 구할 수 있을까.'

태산처럼 무거운 생명의 무게를 양 어깨에 짊어진 기분이었죠. 한 달 동안 아무 것도 쓸 수가 없었습니다. 그런데 문득 이런 생각이 들더군요.

'살면서 괴로운 체험을 한 사람은 나뿐만이 아니다. 그렇다면 그들의 이야기를 들어보자.'

감사하게도 많은 분들이 고통스럽지만 소중한 개인적 체험을 지면에 옮기는 데 허락해 주셨습니다. 그분들에게 공통점이 하나 있다면 고통스러워도 삶을 정면으로 마주하는 자세였습니다. 덕분에 살아갈 힘과 희망의 메시지가 이 책에 가득 담길 수 있었습니다. 삶이 외롭고 힘들 때마다 이 책을 뒤적이며 내 마음에 위안과 격려를 얻으려 합니다.

흔쾌히 대담 제안을 받아 주신 가와다 료헤이 씨에게도 감사의 마음 전하고 싶습니다. 덕분에 '다가가기'의 의미를 배우게 되었습니다.

부족한 원고를 번듯한 책으로 세상 밖에 나오게 해준 출판사 분들께도 감사드립니다. 나를 이 세상에 태어나게 해 주신 부모님, 언제나 응원을 아끼지 않았던 누이, 두 번째 인연을 맺은 지금의 아내에게도 감사합니다.

지금껏 살아오면서 마주친 수많은 인연들에게도 감사합니다. 지금 내가 이 세상에 살아 있는 건 여러분들이 전해준 희망 덕분입니다.

이 책을 읽어준 당신에게도 감사합니다.

내가 이 책을 통해 살아갈 힘을 얻었듯이 당신도 부디 그랬으면 좋겠습니다.

사와토 카즈오

그래도 인생은 살아볼 만한 것

1판 1쇄 발행 2014년 5월 30일
지은이 사와토 카즈오 **옮긴이** 나지윤
기획편집 조윤지 **책임편집** 정은아 **디자인** 최영진

펴낸곳 책비 **펴낸이** 조윤지 **등록번호** 215-92-69299
주 소 경기도 성남시 분당구 야탑동 시그마3 918호
전 화 031-707-3536 **팩 스** 031-708-3577
블로그 blog.naver.com/readerb

‘책비’ 페이스북
www.facebook.com/TheReaderPress

책비(TheReaderPress)는 여러분의 기발한 아이디어와 양질의
원고를 설레는 마음으로 기다립니다. 출간을 원하는 원고의 구체적인
기획안과 연락처를 기재해 투고해 주세요. 다양한 아이디어와 실력을
갖춘 필자와 기획자 여러분에게 책비의 문은 언제나 열려 있습니다.
이메일 readerb@naver.com